— 書き下ろし長編官能小説 —

まさぐり癒し課

北條拓人

竹書房ラブロマン文庫

目次

序章 5
第一章 人事部の人妻主任 葛城莉乃 27
第二章 秘書課のおんな 篠崎麻里奈 98
第三章 艶末亡人社長 川路菜々桜 184
終章 257

この作品は、竹書房ラブロマン文庫のために
書き下ろされたものです。

序章

「これって、ドッキリとかってやつではありませんよね？　おわあぁぁあっ、だ、ダメです……そ、そんなぁ……！」

和哉《かずや》が甘い悲鳴をあげても、莉乃《りの》は許してくれない。

唐突に男根に伸びてきた掌《てのひら》が、竿をしごきはじめたかと思うと、もう一方の手もやわやわと和哉の肉珠を包んで、優しくマッサージしてくる。

「しーっ。大丈夫だから静かにしていて。ねっ。私だって、こんなはしたないことをするのは恥ずかしいし気が引けるのだから……」

その言葉通り恥じらいの色を浮かべた大きな瞳には、けれど、どこか淫靡《いんび》な熱を孕《はら》んでいるようにも見える。

宮越《みやこし》和哉は、緊張と興奮に体を硬くしながらも、女体を至近距離にまで寄《よ》り添《そ》わせている美女から目を離せずにいた。

今の状況は和哉にとって、ドッキリなどたちの悪い悪戯《いたずら》を疑ってしまうほどに意外なものだ。

下着メーカー『アギシャン』の支店勤めの自分に、上司が突然、本社面談なるものを受けに行くよう命じてきたのは、つい昨日のこと。そんな面談があるとは聞いたことがなく、上司の話も要領を得なかったが、とにかく命令だからということで、和哉は今日、出張扱いで本社にやってきたのだった。

出迎えた女性社員に案内された部屋は、高級リゾートホテルを彷彿《ほうふつ》とさせる、おおよそオフィスにはそぐわない優雅な部屋だった。

入社して四年になるが、その間、本社に来たのは片手にも満たない程度。

文字通りお上《のぼ》りさんであるが故に、本社にこんな部屋が用意されているのだと感心すると同時に、何ゆえ自分がこんな部屋に通されたのか疑問だった。

この面談が人事部からの呼び出しであるだけに、余計に不安が募《つの》る。あまりに座り心地のよすぎるソファに腰を降ろしても、かえって落ち着かない。

そこに現れたのが驚くほど見目麗《みめうるわ》しい、葛城《かつらぎ》莉乃と名乗る女性だった。

和哉が勤める会社の女性社員が、掛け値なしの美女揃いであるとは認識している。下世話な週刊誌で、美人率ナンバーワン企業として特集されているほどなのだ。

にしても、目の前に現れた莉乃は美しすぎた。

支店勤めの和哉であっても、社内でも一、二を争う美女と噂《うわさ》される人事部の莉乃のことは耳にしていた。

けれど、噂に違《たが》わぬどころか、噂以上の美しさなのだ。

二十六歳になる和哉とほぼ同世代であろうか。

清楚《せいそ》でたおやかな女性らしさと、大人っぽさを同居させた女性。凛《りん》として生真面目《きまじめ》そうでいながらも、そのやわらかな物腰が好ましい。

「早速だけど、これからここで見聞きしたことは外に漏《も》らすことを禁じます。いいかしら……」

できる女性であることはその身のこなしや、はきはきした口調からも窺《うかが》い知れる。

そんな莉乃をひたすらぼーっと見つめていた和哉は、慌ててこくりと頷《うなず》いた。

「それじゃあ、念押しするようで悪いけど。この文書にサインをもらえるかしら」

ようやく美貌《びぼう》から視線を移すと、その文書を差し出す彼女の細い薬指に指輪が光るのを見つけた。

そう言えば莉乃が人妻であることも聞いていた。それを失念させるほど、彼女の美貌は圧倒的なのだ。

これほどの美女なのだから、夫なり恋人なりがいて不思議はない。半面、その事実を前にすると、深い落胆を覚えてしまう。

「どうしたの？　何か判《わか》らないことでも？」

「えっ？　ああ、いや。判ります。ここにサインすればいいのですね……」

夢から醒《さ》めたような心持ちで、人差し指が指し示す箇所に自らの名前を書いた。

「うん、ＯＫ。これで君は、たとえここでセクハラを受けても外部に漏らすと罰を受けることになるから」

やわらかな口調ながらドキリとするセリフ。

容《かたち》のいい唇から奏《かな》でられる声も、妙《たえ》なる響きで和哉の心を揺さぶってくる。

莉乃が人妻であっても、彼女が魅力的であることに変わりはない。否《いな》、他人のものであるからこそ、男の狩猟本能までも刺激され、より焦《こ》がれるのかもしれない。

そもそも和哉にとってドンピシャの好みのタイプである彼女に、早い話が人生で初めての一目惚《ひとめぼ》れをしたのだ。

「これからここで行われるのは、面談というよりも、物色に近いものなのだけど、気を悪くしないでね……」

莉乃が要領を得ない説明をはじめてからも、和哉は夢中で彼女に見とれているから何度も目が合ってしまう。

「あの……。本当にセクハラじみたことをすることになるけど……。一応、書類にサインもあるから同意の上でということで……。その前提じゃないと人権問題とか、パワハラにもなってしまうから……」

いよいよ歯切れ悪く、言い難《にく》そうに説明する莉乃。それでも、まるで様子を窺うように彼女の視線がこちらに注《そそ》がれるたびに、和哉は慌てて目を逸《そ》らす。

「そ、それじゃあ……。とりあえず、着ているものを全部脱いで、そこに横になってくれる？」

しどろもどろながらも放たれた言葉に、思わず和哉は彼女の言い間違いを疑った。

「えっ。いま、服を脱いでって言いました？」

彼女に逆上《のぼ》せあがっている和哉だから、あるいは聞き間違いであったかもと、聞き返した。

セクハラじみたことがこれから行われると聞いていたが、ここまであからさまに服を脱がされるとは思っていなかった。

「ええ。そう言ったわよ。着ているスーツやYシャツ、下着まで全部脱いで……」

再びの指示は、先ほどよりも抑揚《よくよう》が押さえられている。彼女も感情を押し殺そうとしているのだ。けれど、それが判ったところで、初対面の女性の前で服を脱ぐ抵抗感が薄れるわけではない。

「ご指示は判りましたけど、あまりにいきなりで。しかもここは会社なわけで……」

躊躇《ちゅうちょ》するのも当然だろう。

無闇《むやみ》に裸を恥ずかしがるわけではないが、一目惚れした相手の前でとなると、話は別だ。

「うん。それはそうなのだけど仕方がないの。私には、君の全てを知る必要があるのだから……。これは業務命令よ。全部脱いでちょうだい」

業務命令を持ち出しながらも、彼女の心の揺れを表すように、視線がスッと逸《そ》らされた。心持ち頬《ほお》も紅潮させている。

「判りました。それじゃあ……」

頭の中をいっぱいの疑問符が占めているが、やむなく和哉はその指示に従った。

上着を脱ぎ、腰かけていたソファの上に放ると、ネクタイを緩《ゆる》め、Ｙシャツのボタンも外していく。

思えば、この部屋にスーツはそぐわない。くつろいだ部屋着が一番だろう。それがないのなら、むしろ裸の方がよほど似合う。

もしかすると、莉乃もそう思っているのか、和哉が脱ぎはじめたのを機に、彼女もレディーススーツの上着を脱ぎ、ソファの背もたれにかけてから、白いドレスシャツの両袖をまくっていく。

その所作《しょさ》にまさか彼女も全裸になるのかと期待したが、さすがに彼女はシャツのボタンを二つ外して首周りを寛《くつろ》げたところで、その作業を終えた。

それでも上着がなくなった分、彼女の素晴らしいボディラインが窺い知れる。かなり着やせするタイプなのだろう、白いシャツの胸元が、大きく押し上げられている。和哉の見立てでは、確実にEカップはありそうだ。それも寄せて上げてといった小細工もない。

ウエストでキュッと細く引き締まったかと思うと、腰部は安産型に左右前後に大きく張り出している。

悩ましいヒップラインで、黒いタイトスカートを持ち上げているのだ。

和哉と同年代と見ていたが、その体つきは悩ましく熟《う》れているらしい。ともすれば、またしても彼女に見惚《みと》れてしまいそうになるのを振り払い、和哉はズボンのベルトを外し、ファスナーも降ろしてしまう。

本社での面談に気を引き締めようと、新品のボクサーパンツを穿《は》いてきていて、つくづくよかったと思う。

緊張と恥ずかしさとが込み上げる一方、妙な昂揚《こうよう》が湧き上がり、肉棒はあろうことか半勃起《はんぼつき》の状態になっている。

ボクサーパンツだけに、その辺りがもっこりとしていることに莉乃も気づいているはずだ。

さすがにこれはまずいと思い、救いを求めるように和哉は今一度言葉にした。

「本当に、全裸になるのですね？」

先ほどよりも明らかに紅潮させた美貌がこくりと小さく頷くため、やむなく和哉はパンツをずり下げた。

ぶるんと辺りの空気を震わせて勢いよく飛び出した逸物《いちもつ》は、自覚していた通り半《なか》ば勃起した状態で上下左右した。

「ああ、あの人のものよりずっと大きい……」

我知らず夫と比較したのだろう。慌てたように莉乃は、その容《かたち》のよい唇に手を当てた。その仕草が恥じらいを隠すようで、ひどく清楚に映る。

口元が隠されたお陰で、控えめなメイクの目元が強調され、ぞくりとするような色気が感じられた。

少しだけ離れ気味の大きな瞳は、三日月にアーチを描き、心持ち垂《た》れ目気味。間違いなく羞恥《しゅうち》していながらも、けれど、その黒く澄んだ瞳は、和哉の逸物を品定めするようにそこから離れずにいる。

和哉自身、自分の持ち物が他人棒よりも大きいことを知っている。けれど、だからと言って、それに自信を持っているわけでも、誇らしい気持ちがあるわけでもない。むしろ、グロテスクな分身に、コンプレックスを抱いている。

そこに集中する視線に和哉は、どうリアクションしていいのかも判らず、居心地の悪さを感じた。

「そ、そこに横になるのでしたね……」

ふと、彼女に指示されていたことを思い出し、これから何がはじまるのかも判らぬままに、傍《かたわ》らのセミダブルサイズのベッドに身を横たえた。

「ごめんなさい。わけも判らずこんなこと恥ずかしいわよね……。でも、私だって、恥ずかしいのよ。でも、どうしても私は君の全てを把握《はあく》しなくてはならないの……。君の男としての能力まで……」

そう言いながら莉乃は、和哉が身を横たえたベッドへとゆっくりと近づいた。

ついには、その腰をベッドサイドに降ろすと、その長い手を和哉の下腹部に伸ばすのだった。

「男としての能力までって……うおっ……ああ、そんな……」

和哉が目を白黒させて呻《うめ》きをあげるのも当然で、絶世の美女が直《じか》に下腹部に触れてくるのだ。

白く繊細な指がやさしく肉棒に絡《から》みつき、亀頭部を覆《おお》う肉皮をそっと剝《む》いてくる。

「うふぉっ！　あ、あぅうっ……」

たまらず声を漏らす和哉に、莉乃は半ば申し訳ないといった表情を浮かべながらも肉幹から手指を離さない。

「本当にごめんなさい。やはり、これではセクハラね……。でも、これはどうしても必要なことなの……。だから我慢して……」

耳に心地いいやわらかな声質が、人に聞かれるのを憚《はばか》るように潜《ひそ》められる。

つられて和哉も、声を必死に抑《おさ》えようとするが、襲い来る気持ちよさについ唇が開きがちになる。

「この部屋は防音になっているから、多少の声を出しても大丈夫よ」

見かねた人妻が秘密を明かすように教えてくれた。

だからと言って、盛大に声を上げるのは躊躇《ためら》われる。

莉乃の指使いは、人妻だけあって微《び》に入り細を穿《うが》ち、絶妙に刺激してくる。

清楚な顔立ちにもかかわらず男のツボを心得ているのだろう。

そのギャップがいたく和哉の男心を刺激して、凄《すさ》まじい快感に襲われるのだ。

必死につぐもうとしていた唇が、徐々にほつれだし、情けない喘《あえ》ぎを搾《しぼ》り取られる始末。

「おぁぁぁぁっ！　おふぅぅぅっ！　うあっ、あおぉぉぉっ！」

心地よい官能に反応して、和哉の分身は完全なる勃起を果たしている。

「ああ、本当に大きいのね……。それにとっても硬くて、熱い……。こんなに逞《たくま》しいおち×ちんを見るのははじめてよ」

いくら人妻であろうと、生真面目そうに映る莉乃に、それほど多くの男遍歴《へんれき》があるように思えない。恐らく彼女が知る男根の数など高が知れているはず。

とは言え、やはりこれほどの美女から持ち物を褒《ほ》められれば、悪い気はしない。

「そ、そんなぁ……。むしろグロテスクじゃありませんか」

優越感を刺激されつつも、半分は謙遜《けんそん》でそう言ったが、もう半分は本音だ。

実際《じっさい》、肉幹には、至るところに太い血管がゴツゴツと浮き出ていて、自分の分身ながら禍々《まがまが》しいとしか思えない。

特に、清楚な美貌の莉乃とサツマイモにも似た肉塊との取り合わせは、まさしく月とスッポンのようだ。

「グロテスクだなんて、そんなことないわよ。とっても男前。その存在感だけで、蕩《とろ》かされてしまいそうになるくらい……」

囁《ささや》くような声でそう言った莉乃は、何を思ったのか細身《ほそみ》の女体をしなやかな所作で和哉の隣に沿わせてくる。反則的なまでにムチムチと肉感的な肢体が、和哉の隣に添い寝しながら、相変わらず肉棒を握りしめてくれるのだ。

どこもかしこもやわらかそうな眩《まばゆ》いほどの女体。その肢体が放つ甘い匂いと温もりに、和哉は生唾《なまつば》を呑んだ。

透き通るように色白で、瑞々《みずみず》しい潤《うるお》いとむっちりとした肉感の双方を両立させた奇跡の肢体。それも和哉がわずかに視線を下げるだけで、シャツの隙間から悩ましいふくらみの谷間が覗《のぞ》き見える。

白いシャツを張り詰めさせている豊満な乳房は、目測《もくそく》九〇センチ越えのEカップのボリュームで実っていた。

(す、すごい。あまりに張り詰め過ぎていて、前ボタンが弾《はじ》け飛びそう……)

精力を持て余し気味の和哉には、目の毒でしかない大きさと容《かたち》を兼ね備えている。

横向きに寝そべっていてもブラカップに支えられ、ひしめき合う乳肉に顔を埋めてしまいたい欲求に駆られた。

（畜生！　おっぱい、やわらかそうだぁ……。でも、いくらセクハラを受けているような状況でも、こっちから触るのはまずいよな……）

そんな和哉の想いを察したのか、莉乃の白魚《しらうお》のような手指が微妙《びみょう》な緩急をつけて、再び蠢《うごめ》きはじめる。

そのヒンヤリした感触と繊細な指の絡みつきに、鋭い快感が全身を駆け抜けた。

「うおっ！　ぐふううううぅ」

細く長い手指が、上下にスライドしては、時折、肉幹をやんわりと揉《も》んでくる。

「私、あまり上手《うま》くないでしょう？　夫からもお前は下手《へた》だって言われるから……。ああ、でも、凄《すご》いっ！　まだ膨《ふく》れてくるわ……。ああん、先走り汁もいっぱい……」

わずかに幼さを残した甘い顔立ちが、またしてもはんなりと紅《あか》く染まっている。

「本当は、感情を殺してビジネスライクにしなくちゃいけないのだけれど、あんまり君のおち×ちんが男前だから、ほだされてしまうのね」

莉乃が吐息のように囁いた。その色っぽい声質と手指に揉まれる心地よさに、熱く血が滾《たぎ》る。

確かに、莉乃のその手淫には、恥じらいや躊躇いが隠されている分、もどかしくも拙《つたな》い感じがしないでもない。

けれど、それがかえってムズムズするような甘い快感を呼ぶと同時に、焦《じ》らされているような癒されているような穏やかな官能が湧き上がってくる。

正直、女性経験はそれほどではないものの、これまでに味わってきた女性の誰よりも大きな悦《よろこ》びを与えてくれていると感じられた。

「すごいわ。こんなに膨らむのね。少しは男の人を知っているつもりだったけれど、君のモノは迫力があって人妻であることさえ忘れさせられてしまいそう……」

微妙なセリフの一端に、莉乃の遍歴が垣間《かいま》見える気がして、余計に興奮をそそられる。節操のない反応に、もはや和哉は羞恥を覚える余裕もない。

「ああ、本当に存在感だけでそそられてしまうわ……。なのに、うふふ。主人のモノより敏感に反応してくれるからカワイイって思えちゃう……」

雄々《おお》しくも逞しくそそり勃《た》つ肉塊に、本当に莉乃は呑まれたのか、人妻の矜持《きょうじ》も忘れたかのように和哉の分身をあやす手指に熱が込められていく。

(ああ、やはり、この人は人妻なんだなぁ……。やっぱり、ちょっと残念……)

莉乃が人妻であることを思い知らされながらも、他人のものである彼女に下腹部を弄《もてあそ》ばれることに背徳的な悦びを覚えている。

「これで、最大になったのかしら……。五〇〇ミリのペットボトルをひとまわりスリムにさせたくらいはありそう……。こんな凄いおち×ちん、本当にあったのね。枕絵とかでは見たことがあるけれど、あれはデフォルメされたものだとばかり……」

感心するかのように、ほぅと溜息をつく莉乃。未だ、その手指は和哉の分身の表面で別の生き物のように妖しく蠢いている。

ついにはそのストロークを速め、肉幹に余る肉皮をずり動かし、亀頭部を半ば覆っては、また退《ひ》くように剝いていく。

「おうぅっ！　か、葛城さんっ……そんなにされるとやばいです！」

ずる剝けになったエラ首から鋭い快感が走り、びくんと腰を震わせてしまう。自慰では味わえぬ予期せぬ愉悦に、和哉はさらに多量の先走り汁を吹き出させた。

「ああ、だって、あんまり、凄いから……。大丈夫よ。気持ちよくなってくれていいの。さっきも言ったでしょう。君の男としての能力を知りたいって……。だから射精《だ》してもいいのよ。でも、なるべく我慢して。頑張れる範囲で構わないから……」

莉乃の口調に、色っぽい甘さが滲《し》みだしている。

このシチュエーションに彼女も興奮しているのだろう。

時折、もぞもぞと腰つきが揺れているのは、タイトスカートの中で太ももを擦《こす》りあわせているからだ。

それは和哉の妄想に過ぎないのかもしれないが、絶世の美女が自分の肉柱を弄びながら発情していると想像するだけで、得も言われぬ興奮と凄まじい官能に囚《とら》われる。

幹に絡みつく太い血管がドクドクいっているのが自覚された。

「ああん。もう射精したみたいに私の手が、先走り汁でべたべたにされている……。射精したら多量のお汁が吹き出しそう……。きっと、子宮に射精《だ》されたら一発で孕《はら》まされてしまうわね」

恐らく莉乃は頭の切れる女性なのだろう。女性らしい穏《おだ》やかな雰囲気ながら、会社の中枢部である人事部に所属しているのが、その証《あかし》。けれどその頭のよさは、想像力の逞しさにもつながるようで、こんな時には人一倍あらぬ妄想をさせるらしい。

もしかすると天然な部分もあるのかもしれないが、明らかに莉乃はその興奮度合いを自ら上げている。

まるで秋波《しゅうは》を送るような莉乃の眼差《まなざ》し。こんなに色香を湛《たた》えた瞳を見たことがない。

否、瞳ばかりではない。彼女の存在そのものが堪《たま》らない色気を発散させている。

ついには、仰向《あおむ》けに横たわる和哉の上にのしかかり、その女体を預けてくる。肉感的でありながら、想像以上に軽い女体。マシュマロに覆い被《かぶ》さられたかのような感覚。どこよりもふわふわな胸元が、和哉の胸板に潰《つぶ》れて心地よい。

「か、葛城さぁんっ！」

自らの女体のやわらかさを味わわせながら、下腹部に及んでいる手指は、甘く肉竿を締め付けてくれる。

「うわわああああっ！」

生暖かくもふんわりした手指の感触は、まるでヴァギナに挿入したかと思うほど。かつておんなの手が、これほどまで気持ちよいと感じたことはない。

「とっても逞しい。なのにこんなに初心《うぶ》な反応で……。あまり経験がないのかしら……。この男前のおち×ちんなら、君はいつでもおんな泣かせになれるのに……」

和哉の耳元で掠《かす》れ声が囁くと、もう一度やんわりと掌が握り締めてくる。

「ううっ、か、葛城さん……お、俺……っ！」

込み上げるやるせないまでの快感に、和哉はついに女体を抱きしめた。人妻を抱き締めるなど、いけないと判っていながらも、もう我慢できない。

毛量が多く、やわらかなセミロングの髪が、和哉の顔にふぁさりと被さり、甘い匂いを嗅がせてくれる。

「気持ちいいです。葛城さんの指、あんまりやわらかくて気持ちよすぎてっ、俺、もう……！」

「いいわよ。もっと気持ちよくなって。このまま射精《だ》して構わない。これだけ我慢できることが判れば、十分だわ」

肉幹を覆う皮を引っ張っては、剝き出しになった亀頭のカリ首を、指の腹でくりくりと軽く刺激してくる。

もう一方の手指は、赤紫に張りつめた亀頭の先端を覆い、鈴口《すずぐち》から噴き出した透明な先走り汁を潤滑油《じゅんかつゆ》に甘く擦りつけてくる。

「ああん。濃い男の子の匂いがするわ……。こんな匂いを嗅ぐの私も久しぶりよ……。会社の中でこんなふしだらなマネするのだってはじめてだわ……」

性臭に触発されてか、莉乃も鼓動を速めているのが胸板を通して伝わる。

自分の分身に人妻が発情していると思うだけで、ひどく興奮した。

「ぐおぉぉぉっ」

喉奥《のどおく》から熱い声を漏らしたのは、人妻が和哉の股間に片方の美脚を挿し込み、むっちりとした太ももを皺袋《しわぶくろ》に擦りつけたせいだ。

ストッキングの細かい繊維とふっくらムチムチの太ももの感触が、敏感な裏筋を擦っていく。これまでとは異なる類の性悦に、和哉の延髄が焼け焦げていった。

「感じているのね。とても気持ちよさそう……。ああ、私いけない悪戯をしているわ。しかも、それを愉《たの》しんでいる。いけないのは君よ。こんな破廉恥なことをするのも、この罪作りなおち×ちんがいけないの……私、人妻なのに……」

ふしだらさを曝《さら》け出している自覚が、いっそう彼女を淫《みだ》らにさせるのだろうか。

たとえこれが、和哉の能力を測《はか》るための手慰みだとしても、莉乃がフェロモンを全開にさせ、発情している事実には変わりはないのだ。

あるいは、それが和哉の思い違いであっても構わない。そう妄想しながらこの人並み外れて美しい彼女の手淫を受けることは、ただでさえ凄まじい快感をさらに増幅してくれる。

「いいのよ……いっぱい感じて……君のこの極太が私のお擦りで感じてくれるのがうれしいの……」

和哉の昂《たかぶ》りを悟った手指が肉茎を握りしめ、上下スライドをさらに大胆にさせる。

途端《とたん》に、ビクンと腰を浮かせて、甘い陶酔に表情を蕩けさせた。

「ぐむむむっ……葛城さんっ……俺ぇ、おれぇ〜っ！」

時に甘く手指で締めつけ、時にそのつるつるすべすべを味わわせるようにスライドさせて追いつめてくる。妖しい光を湛《たた》えた瞳が、ねっとりと潤みながらこちらの様子を観察している。

「ああん。どうしよう私。君の感じる様子を見ていると、どんどんふしだらになっていく。どんないやらしいこともできそうだわ」

和哉の股間に太ももを擦りつけ、大事そうに両手で屹立《きつりつ》をあやしながら、自らの美尻をモジつかせている。

「匂いにも触発されたみたい。夫とのHでも、こんなに興奮したことないのに……」

「ぐわわわっ。も、もうだめです。このままじゃ漏らしてしまいそうです」

陰嚢《いんのう》がぎゅっと縮こまり発射の力を溜めている。情けなく白状すると余計に射精衝動が募る。けれど、射精したいのはやまやまながら、いつまでも美妻の手淫を受けていたい欲求も大きい。

「いいのよ……。このまま射精《だ》して……。私が掌で受け止めてあげるから……いっぱい射精《だ》して……」

和哉の太ももに跨るように女体を持ち上げた莉乃は、右手で崩壊寸前の肉茎を擦り、左手で膨らみきった肉傘を覆って、噴き零《こぼ》される白液を受け止めようと身構えた。肉幹へのスライドが、手首のスナップを利かせたものへと移行する。

放精の甘い予兆に頭の中を真っ白にさせた和哉は、恥じ入る余裕もなく、ひたすら快感に溺れた。自らも激しく腰を打ち振り、膨れ上がった射精衝動を猛然《もうぜん》と美妻の掌に擦りつけていく。

「ああっ、射精《で》ますっ、俺、もうイクっ！」

そう雄叫《おたけ》びを発したつもりだったが、実際にはその声のほとんどは遮《さえぎ》られていた。

ふいに前のめりに女体を折った莉乃が、その唇を和哉の同じ器官に押し当てたからだ。媚唇《びしん》のやわらかくもヌメヌメした感触に、すっかり脳神経を焼き切られたかのように和哉は、たまらず必死に引き絞っていた菊座を開いた。

刹那《せつな》に、どどどどっと白濁液《はくだくえき》が尿道を遡《さかのぼ》る。

びゅびゅっと鈴口から勢いよく飛び出した牡汁《おすじる》が、莉乃の手指を直撃した。

「ぬふぅ……ぬぐううぅっ！」

夥《おびただ》しい量の樹液を発射しながら人妻の朱唇の中で呻き続ける。莉乃の方も、うっとりと瞳を潤ませながら鉤《かぎ》状に丸めた掌で精液を受け止めてくれている。

「んふぅ……。あぁ、凄いわ。こんなにたくさんの精子を吹き出させるなんて……」

立て続けに起こる二発目、三発目の射精発作と共に、どくどくと白濁液をまき散らす和哉に、さすがに人妻も目を丸くしている。

（ああ……すごいっ！　なんて気持ちいいんだ……。掌に射精するだけでこうなのだから、葛城さんのおま×こに射精《だ》させてもらえたら……）

これ以上はないと思えるほどの充足感が射精絶頂の余韻と共に訪れた。

急速に肉棒が力を失っても、莉乃は名残《なごり》を惜しむように、熱い口づけをくれる。情けない姿になった亀頭部を、彼女は愛《いと》おしげに撫で回してくれた。

「すみません。葛城さんの手を汚しちゃって……」

ようやく唇を遠ざけた莉乃に、和哉は心から詫びた。

「本当に凄い量の射精だったわ……。でも、いいのよ。私も仕事を忘れてしまうほど興奮したわ……」

やさしい言葉に胸の奥が熱くなる。完全に、彼女にノックアウトされた和哉は、その美貌を眩く見上げた。

心なしか莉乃が、さらにその美しさを冴えさせて輝いているように見えたのは、気のせいであったろうか。

それから数日後、和哉の元に辞令が降りた。

〝辞令　宮越和哉　四月一日付　本社人事部預かりとする〟

第一章　人事部の人妻主任　葛城莉乃

1

外の天候はのんのんと春うらら。

会社が休みであれば、昼過ぎまでぐっすり寝ていたか、さもなくば越したばかりのアパートの周辺を散歩でもしていたであろう。

〝穏やか〟を絵にかいたような日差しは、強すぎず弱すぎず気持ちいいことこの上ない。

これまでの和哉であれば、出社早々にコーヒーを飲みながら、あくびの一つも噛《か》み殺していたような日だ。

けれど、いまの和哉にはそんな余裕など微塵《みじん》もなく、まるで新入社員の初出社日のような緊張感に囚われている。

それもそのはずで、何がどうしてこうなったのかも判らないまま、こともあろうに社長直々《じきじき》に面談を受けているのだ。

さらに隣には、先日セクハラまがいに和哉に手淫してくれた葛城莉乃が座っていることも、和哉の困惑を深めていた。

「そう。君が宮越君ね。葛城主任のお眼鏡《めがね》にかなったのだから期待しているわよ」

入社四年目にして、はじめて社長から直《じか》にかけられた言葉がそれだった。

莉乃のどんな眼鏡にかなったのかを、社長である川路菜々桜《かわじななお》に知れたらどうなることか。それを想像するだけで和哉の背筋に冷たい汗が伝う。

にしても、菜々桜の気品ある美しさとオーラの凄まじいこと。

彼女は年齢を公表していないが、もっぱらの噂では四十代後半とのことだ。

けれど、こうして生でその美貌を目の当《まあ》たりにすると、どこからどう見ても三十代前半にしか映らない。

くっきりとした二重《ふたえ》に彩《いろど》られた切れ長の目のきらきらとした輝き。白目と黒目の境界が明らかであるためか、その目力《めぢから》が極めて強い。

鼻は、大和なでしこらしくあまり高くないが、その分鼻翼も小さくて愛らしい。

やや大き目の口唇は、薄めながらもぽちゃぽちゃといかにもやわらかそうであり、小さな花のようで官能的にも見える。

少し下膨れ気味に映る頬の稜線は、頬の肉づきのいいおんなはバストが大きいとの法則を裏付けるよう。

対照的に、顎はほっそりと尖り気味。

それらの繊細なパーツが、小顔の中に絶妙に配置され、かくも美しく、かくも色っぽく映るのだ。

しかも菜々桜は、どこか可愛らしい雰囲気を残したまま年を取っているようで、ひどくコケティッシュだ。

それでいてまるで女優のような存在感とオーラを身に纏《まと》い、凛として佇《たたず》む花のような印象を抱かせてくれる。

（近寄りがたいイメージだったけれど、実際の社長はこんなにも綺麗《きれい》なんだ……）

和哉が入社してすぐに先代の社長が亡くなり、急遽《きゅうきょ》社長に就任したのが社長夫人であり当時専務でもあった菜々桜だった。

そもそも老舗《しにせ》ではあっても、時代に取り残され不振にあえいでいた会社をV字回復させ、中興の祖と言われているのが川路夫妻であったらしい。

数年前までは中堅どころの下着メーカーでしかなかった株式会社アギシャンは、いまやお洒落《しゃれ》な高級下着を中心に、パリやロンドン、ニューヨークなどにも出店して世界進出まで果たしている。

特に菜々桜は、新商品の企画プロデュースに携《たずさ》わる傍らで、率先してモデル役も務め、自社ブランドの顔として販促《はんそく》に駆け回ったと聞いている。

夫である前社長が築いたネット通販という新たな販路と、主婦層からの憧れを一身に纏《まと》い、時には一販売員として店舗にまで出た菜々桜の二人三脚の活躍により、アギシャンは業界でもトップクラスの下着メーカーに成長したのだった。

実は、和哉も入社して早々、勉強がてら自社製品のカタログに目を通していた折、菜々桜の下着姿が掲載されているのを見つけ驚いたものだ。

まさか自分の会社の社長の下着姿を目の当たりにするとは思ってもみなかった。

それも比較的最近のカタログにも菜々桜の姿は見受けられる。

社長に就任してからも際《きわ》どく素肌を晒《さら》すその勇気に感心させられると同時に、率先して営業活動に勤《いそ》しむ菜々桜に、営業マンとして奮《ふる》い立ったのを覚えている。

その菜々桜が、いま和哉の目の前にいるのだ。しかも、菜々桜は直に自分を「宮越君」と呼びかけてくる。

それが不思議なことに思えてならないのは、彼女が上場企業の代表であり、おいそれとお目にかかれない人物であるからに他ならない。しかも和哉は支店勤めであったために、菜々桜は雲上人そのものな人物だった。

「君には、葛城主任と共に、新たに開設される〝癒し課〟の準備室で働いてもらうことになるから」

改めて社長直々に和哉は、辞令を手渡された。

今度の辞令には、新たな所属部署となる『人事部 癒し課準備室』との名称が記載されている。

にしても〝癒し課〟とは聞きなれない部署だ。

「癒し課は、私が葛城主任に企画させた新たな部署なの。文字通り社員を癒すための部署。福利厚生みたいなものかな。心のケアからカラダのケアまで全てを受け持ってもらうことになるから大変よ」

社長の肝いりで、設置が検討され、この春から試験的に始動する部署であるらしい。準備室とついているのもそのためだ。

いわば社員の慰安や福利厚生が目的の部署ながら、総務部付としないのは、社員の人となりを知る上で有意義と考えられたこともあるのだと説明された。

「人を癒すだなんて、僕にはそんなスキルはありません」

「それは私もそうだったわ。けれど、その技術は少しずつ身に付ければいいと社長は仰《おつしや》ってくれたの。宮越君もそう。心配することはないわ。宮越君は聞き上手だって査定されていたから……」

傍らの莉乃がフォローしてくれる。

「うん。そうね。君のことを推薦してくれた桐山《きりやま》部長は、君の共鳴力を買っていたわ。人の痛みが判る人物だと……。その力をこの新しい部署で活《い》かしてほしいの」

元の上司であった桐山女史の名前が出て、和哉は少し驚いた。

自分のことをそんな風に評価してくれていたのかと、感謝の念も浮かんだ。

和哉は当初、この人事異動は、以前にやらかした営業の大ポカが原因と思いこんでいた。辞令に、人事部預かりとあったのがその証拠で、再教育でも受けるのだろうと。

支店を統括《とうかつ》する桐山女史は、「左遷《させん》ではない」と言ってくれてはいたものの、それは単に自分を慰めているものと勝手に解釈していた。

けれど、それもこれも全て和哉の勘違いであり、桐山女史の言葉もその通りであったばかりでなく、どうやら彼女自身が和哉の推薦者でもあったらしいのだ。

「前例のない新たなことをはじめるのは大変だろうけど、葛城主任と協力して大いにみんなを癒してあげて欲しいの。期待しているし、責任も重大よ。社員たちの士気にかかわることなのだから。よろしく頼むわね」

カリスマ社長としても知られる菜々桜から期待されていると聞かされると、和哉としても否が応でも奮い立たぬわけにいかない。

（しかも、こんなにお美しい菜々桜社長から直々に頼まれているのだから……）

莉乃の時と言い、菜々桜の時と言い、自分がこれほどまでに美人に弱く、惚れっぽいことをあらためて自覚した。

2

「にしても、本当に俺で大丈夫なのでしょうか……」

噂に違わず魅力たっぷりな菜々桜に丸め込まれ、一時はやる気になったものの、またぞろ和哉は弱音を口にしている。

対面してソファに座る莉乃にも、素直にそう打ち明けたものだ。

本来の和哉は、カラリとした性格であっけらかんとしている。

友人たちからも、お前は何も考えていないだろうと呆《あき》れられることも少なくない。

実際、多少の悩みも一晩寝てしまえば忘れてしまう性分なのだ。

何事もなるようになるし、なるようにしかならないというのがモットーでもある。

にもかかわらず、今回の件に関しては、中々なるようになるとは思えない。

聞けば、莉乃は来月から癒し課を稼働させたい考えらしいのだ。

「だからこれから、ここで研修をするのよ。心配することはないわ。宮越くんは、器用な方とも聞いているから……。聞き上手でもあるみたいだし……。要は相手を癒してあげられればなんでもOKだから」

おもな業務は、話し相手になったり、相談に乗ったりといったことになるそうだが、時にはマッサージやエステの真似事までするらしい。けれど、話し相手はともかくとしても、相談事に応えられるほど自分を大人だとも思えない。

もっと問題なのは、アギシャンの社員が圧倒的に女性で占められていることだ。

アギシャンの会社組織は、大まかに本社、支店、営業所の他に、ECコールセンターや工場、倉庫にまで及び、生産・販売・物流の全てを担っている。

その売り上げの八割を女性用高級下着が占めていることもあり、女性社員の割合も八割以上と典型的なおんなの職場なのだ。

思えば、和哉がこの会社に採用になったこと自体が奇跡的で、タイミングのよさに救われたと言える。

後に聞いた話では、どうやら会社として男性用下着の販売にも力を入れはじめたこともあり、男性社員の採用も増やす方針となったらしいのだ。

和哉が採用試験を受けたのは、たまたまアギシャンの男性用下着の愛用者であったからで、実は女性用下着が主力であることは入社してから知った。その程度の知識で採用となったのも、女性用下着の会社に就活する男など少なかったからだろう。

それでも和哉としては、対外的に美女揃いの会社であると認識されるほど、美女偏差値が高い職場に就職できたのだから願ったり叶《かな》ったりなのだ。

女性が上司であることに抵抗も感じないし、かといって女性に気後《きおく》れすることもない。ようするに能天気でおんな好きなのが自分の性質と言える。

けれど、現実的に彼女たちを癒さなくてはならないとなると何をどうすればよいものか。そもそも自分にそんなことが可能なのだろうか。

惚れっぽく、おんな好き。加えて能天気ではあっても、和哉はいい加減ではない。否、むしろおんな好きであるからこそ、本気で女性を癒したいと考えている。だからこそ、かつてないほどに悩んでしまうのかもしれない。

マッサージやエステの技術が、そんな短期間に身に付くかどうかも問題だ。

自分でも器用なほうだとは思うが、れっきとしたプロがいる世界なのだから、そんな甘いものではないはずだ。

聞けば、莉乃はエステティシャンとしての資格も有しているという。さらに今は、心理カウンセラーの勉強をしている上に、柔道整復師の先生に師事してもいるというから驚きだ。その見た目以上に、生真面目で努力家の彼女なのだ。

「エステの技術を、俺も身に付けるのですか？」

「必ずしもすべての資格を取る必要はないけれど、一通りのことは仕込むわよ。でも、焦《あせ》ったり、ムリをする必要はないからね。宮越君は、自分ができる範囲のことを精いっぱいしてくれればいいから……」

そう諭《さと》してくれる莉乃だが、スーパーウーマンのような彼女の真似事など到底自分にはできそうもない。

「もちろん、当面エステの方は、私が受け持つから……。でもマッサージの方は、むしろ力のある男性の方が効くと思うの。資格とかもあるけれど、整体とか柔道整復師なんかとも違うのだから、コツさえつかめればなんとかなるものよ」

実際、和哉にも、両親や祖父母を相手にマッサージの真似事をした経験はある。気持ちがいいと褒められた上に、よい小遣い稼ぎにもなったために多少の研究はしたものだ。

部活の先輩に、ゴマをするように肩を揉んだこともあった。

けれど、その経験がどれほど役立つものか。

唯一の救いは、これからしばらくの間は研修ということで、莉乃がマンツーマンで和哉にいろいろと教えてくれることだった。

「しばらく、君にはここに通ってもらうことになるから、そのつもりで……」

和哉が今いるのは、会社のビルの最上階にある、癒し課になる予定の一室だ。まるでホテルの一室を思わせるこの部屋は、社員たちを癒すための専用ルームなのだという。

驚いたことに、この部屋は、空調からセキュリティまで、全てが独立して設置されているらしい。部屋としての設計から調度に至るまで、菜々桜と相談の上、莉乃が仕切ったのだそうだった。

(ここで莉乃さんと、当面ふたりきり……)

もしかすると、先日のような至福の瞬間が再び与えられるかもしれないと、あらぬ妄想が頭をよぎる。

「まずは、そうねえ。初日だから今日は君のスキルを見たいわね。宮越君も人にマッサージとかってしたことはあるでしょう？　試しに私にやってみてくれる？」

　そう言いだした莉乃は、手早く自らの上着を脱ぎ、丁寧に折りたたんでから傍らのソファの上に置いた。

　フェミニンなシャツ姿になった莉乃は、シャツのボタンを一つ外しながらおもむろに立ち上がると、セミダブルのベッドへと移動する。

　うつ伏せに痩身《そうしん》を横たえた莉乃を追いかけながら和哉も上着を脱いだ。

　マッサージを口実に莉乃のカラダに触れられるのだから、早くも下腹部が疼《うず》きはじめる。

（違う違う。まじめにやらないと、莉乃さんに嫌われてしまうぞ……）

　未だに和哉には、何ゆえ、あの面談の時、全裸にまでされたのか判らない。

　けれど、手淫までされていても、莉乃に限ってセクハラなどということはあり得ないと思っている。

　折を見て聞いてみなくてはならない。もしかすると、癒しのためになら性的な施術もアリということなのか。

　莉乃が和哉の性的な能力までを確かめようとしたのは、もしかするとそういうこともアリと考えているからではないかと、和哉はあて推量している。

（にしても、その質問をどう切り出すか……。そのタイミングも難しそうだな……）

莉乃の薄い背筋に掌をあてがい、力を加減して押しながらそんなことを考えた。

3

「おうっ！　ふはぁ……。ああ、主任。最高に気持ちいいです……」

春風駘蕩《しゅんぷうたいとう》として、ゆったりと穏やかに莉乃の手指が和哉の体の上を蠢《うごめ》いていく。

情けなくも紙パンツ一枚の姿でいるのは恥ずかしいが、オイルをふんだんに載せた莉乃のやわらかい手指に背中を撫でられていると、王様にでもなったような気分になってくる。

和哉が、この癒し課の一室に通うように数日。初日からほぼ毎日のように、莉乃は和哉を相手にマッサージやエステの指導をしてくれていた。莉乃にとっても、自分のスキルを磨《みが》く意味合いがあるのだそうだ。

「体験して覚えることも大切よ。見よう見まねをするにしても、どうされたら気持ちがいいのか自分でも判っていなくちゃ……」

文字通り、体で覚えろということか。にしても、その心地よさたるや、まさしく天にも昇る心地。身も心も蕩けるような感覚を嫌というほど味わわされている。

面談の時以来、莉乃は和哉の男根に触れようとはしない。

けれど、そのあまりの気持ちよさに、我知らず下腹部が勃起してしまうこともしばしば。しかも、そこに触れられていないにもかかわらず、射精してしまうのではと危うい思いをすることも少なくない。

特にやばいのは、胸をまさぐられた瞬間。脇から差し込まれた手指が、すべるように胸へと到達し、あたかも乳房を愛撫するかの如き手つきで揉まれる時だ。

たっぷりと胸板を揉まれた後で、今度は小さな乳首をあやされる。

ぬるりとした手指にまさぐられ、ただでさえ敏感になったところを、乳首責めにあうと、その刺激が一気に亀頭部にまで及び鈴口のあたりがムズムズしてくる。

「まあ、乳首をこんなに硬くして……。うふふ。ツンツンにしこっているわ……」

オイルをたっぷりまぶした人差し指が、勃起した乳首を悪戯になぎ倒していく。

恐らく、実際の施術では、こんなことはしないはず。たとえ同性に対してであっても、セクハラとなるだろう。要するに、いま和哉は戯《たわむ》れに弄ばれているのだ。

けれど、それはまるで恋人に甘い悪戯を仕掛けられているようで悪い気はしない。

「あっ、あうっ。ちょ、ちょっと待ってください。主任。ちょっとタイム!」

またしても勃起した肉塊が悩ましく疼き、慌てて和哉は莉乃に静止を求めた。

人妻上司がどんな貌《かお》をして、こんな悪戯を仕掛けているのか覗き見たくて、振り向いたのもある。

「どうしたの？　くすぐったかったかしら？」

惚《とぼ》けながらもクスクス笑う莉乃に、和哉の恋心は否応なく燃え盛る。

たとえ彼女が人妻であっても構わない。もう莉乃を好きな気持ちを自分では止めようがないのだ。

彼女が自分のことをどう思っているのかは判らない。仮にも上司であり、三つ年上でもあるから、和哉を弟のように可愛がってくれるだけなのかもしれない。

けれど、こうして恋人同士がイチャつくような悪戯を仕掛けてくるのだから嫌われてはいないはず。毎日たっぷりと互いに肌を触れあい、スキンシップを図っているから、普通の男女にはない距離感なのも確かだろう。

奔放で小悪魔のような一面を見せるかと思えば、真顔で和哉を指導したりもする。

「主任！　こんなのセクハラですよ！　射精《だ》しちゃいそうになるじゃないですか」

和哉の方も、だいぶ感覚がおかしくなっているから、彼女には明け透けに何でも口にするようになっている。

「うふふ。感じちゃった？　でも、そういうものなのよ。実際、私も勉強を兼ねてエステに行ったりもするけれど、あんまり気持ちがよすぎると感じちゃうわ……」

「感じるって、どれくらい感じるのです？　エッチの時と同じくらいとか？」

莉乃もあっけらかんと話してくれるから、つい和哉も興味本位に聞いてしまう。

「うふふ。おっぱいとか、あそこの近くとか、どうしても際どいところにも指が触れてくるの。しかも予期せぬ時にふいに触れられたりもするし……。オイルマッサージなんて、濡れてきちゃうのが当たり前みたいな感覚よ」

実際に、女性向けの性感マッサージなるものがあることを聞いたことがある。

アロマオイルを用いたリンパマッサージを施《ほどこ》し、全身をリラックスさせてから性感帯を刺激するマッサージのことらしい。

「あの、それってここでやっちゃまずいですか……？　もちろん、希望があればですが。それも癒しの一つなのでは……」

スケベ心が生み出した発想ながら、やましい下心があって言い出したわけではない。

その証拠に和哉が想定したのは、莉乃が施術することを前提としている。

つまりは、莉乃にそういったマッサージをしてみてはと提案したつもりなのだ。

そもそも和哉は、自分にそんな役が回ってくるとは思っていない。

エステやマッサージにしても、ほとんどの女性社員が莉乃を指名するはずと思い込んでいるのだ。

もしかすると、指圧マッサージで莉乃の力では、物足りないと感じる人はいるかもしれない。そういった人限定で、和哉が必要になるくらいだろう。

それでは和哉が癒し課に所属する意味がないのだが、それを覆《くつがえ》すには、莉乃を凌《しの》ぐとは行かないまでも、対等の技量を身に付けなくてはならない。それには、まだまだ修業が必要だ。

たとえ、技量が身に付いたとしても、それでも和哉が男性である以上、NGとなるケースは多いはず。

よく知らぬ男に、おいそれと肌に触れさせるおんななどいるわけがない。多少古い考え方かもしれないが、和哉はそう信じている。

そう考えれば考えるほど和哉の役割は少なくなるが、女性社員が多数を占めるアギシャンでは、それもやむを得ないことかもしれない。

「女性同士であれば、それもアリかなって。性的な悩みを解消してあげるのも癒しなのではと思って……」

「うーん。確かにそれもアリかなあ。でも、どうかしら。たとえ需要があっても、会社内では抵抗感もあると思うの。そういうことって同じ会社の人間には知られたくないでしょうし……。それに性的なものであるなら、むしろ同性だからこそNGって人が多いかも……」

その指摘《してき》には、なるほどと和哉も頷いた。

「でも、検討の余地はありそうね。考えておくわ。どこまでのことができそうか、君も考えておいて」

準備室であるだけに、色々と検討の余地はある。

もし和哉も参戦するとなると、どこまでのことができるだろうか。

言い出しっぺでもあるだけに、真剣に研究してみようとその気になった。

4

「じゃあ次のステップに進みましょうか……」

研修も二週目に入り、莉乃がそう言いだした。

「申し訳ないけれど、ゆっくりもしていられないから」

言いながら莉乃は、更衣スペースであるカーテンの向こう側に消えた。

暫《しば》し経《た》ってから彼女が、白いバスローブに包まれた姿で現れる。

そのバスローブの下には、素肌をほとんど晒した悩ましい肢体があるはずだ。

「私が練習台になるから、オイルマッサージをしてみて……」

これまではビデオを見たり、莉乃の施術を体験したり、時には莉乃の腕を借りて手つきや力加減を学んだりしてきたが、どうやら次のステップということらしい。

やはり実地に慣れるのが一番であり、その練習台に莉乃自らがなってくれたのだ。

「まずは全身へのオイルマッサージからね。体中のこわばりをほぐし、相手をリラックスさせることを心掛けて……」

莉乃は、セミダブルサイズのベッドの上に膝立ちすると、白いバスローブを自ら外していった。

無駄な肉の付いていない痩身には、黒い薄手のスポーツブラとエステ用のペーパーパンツのみという艶《なま》めかしい姿。やはり恥ずかしいらしく、たおやかな肉体は、その前面を隠すようにうつ伏せに横たえられた。

けれど、その露出度《ろしゅつど》は凄まじく、後ろ姿だけでもあまりに悩ましい。

「ほらぁ。そんなに見てばかりいないでっ！　早くして」

促《うなが》された和哉は、ごくりと生唾を呑んでからオイルボトルやタオルを載せた盆を手に、ベッドに上がる。

本来であれば、顔の部分に丸く穴の開いた専用ベッドを用いるのだが、それは先方でミスがあったようで、発注したものが届いていないらしい。

「で、では、失礼して……。は、はじめます」

これまでにも莉乃の体を指圧することはあった。それ故に、彼女に触れることははじめてではない。けれど、首筋以外の素肌に直接触れるのは、これがはじめてとなる。

「とにかく相手を気持ちよくさせることが第一。それができるなら宮越君のやりやすいやり方で構わないから……。遠慮せずにやっちゃって……」

和哉の緊張を解《ほぐ》そうとしてか、莉乃はさばさばした口調で促してくれる。

頷いた和哉は、まずはプラスチック製のボトルを手に取り、莉乃の背筋に傾《かたむ》けた。軽くボトルを押すと、ハチドリのくちばしのようになったボトルの先端からアロマオイルがチューーッと吹き出した。

ベッドにはオイルが零れてもいいように、ビニールが敷かれている。さらにシーツの代わりに大判のバスタオルを敷いているから、多少大胆にしても問題はない。

「あん。そんなに先を背筋から離さないで……。くすぐったいわ……」

莉乃が調合したオイルの香しい匂いが、部屋中に充満していく。

和哉は自らの手にもオイルをまぶし、そっとその背筋に運んだ。

「うわあぁっ。主任って、すごくもち肌なんですね……。触れているこっちの方が気持ちいいっ！」

薄《う》っすらと熟脂肪を載せたその肢体は、男を魅了してやまないエロボディ。そっと掌をあてがっただけなのに、マシュマロのような触り心地がふっとやわらかく沈み込んでから心地よい反発を見せる。

「君の気持ちいいとかいらないから……。絶対にそんなこと口走っちゃダメよ。セクハラで即アウト！」

確かに、その通りなのだろうが、とても感嘆の声を堪えられないほど莉乃の美肌はツルスベなのだ。

「だって、本当に凄いから……。超滑らかな肌で、オイルなんて必要ないくらい……。それもふっかふかにやわらかくて、ヤバすぎです！」

極上美肌にテンションが上がりすぎて、いつになく饒舌《じょうぜつ》になっている。

にしても、背筋に触れただけでこうなのだからお尻や太ももなどのもっとやわらかな場所に触れるとどうなってしまうのか。

（おっぱいなんて蕩けるくらいにやらかいのだろうなあ……。畜生、ご主人がうらやましすぎる……！）

顔も見たことのない他人の夫に嫉妬してしまうほど、魅力的な肉体なのだ。

「ほらぁっ！　ぐずぐずしないの！　どうせスケベな顔をして背中に触れているだけでしょう？　いいから、さっさとオイルを背中全体に広げて……！」

いつになく強い口調で莉乃が、和哉を促すのは、恥ずかしさの裏返しなのだろう。美肌と褒められてうれしくないはずがない。

莉乃に惚れている和哉ながら、悪戯に褒めているわけではない。見え透いたお世辞と違い、本音がそのまま口から洩れているに過ぎないのだ。だからこそ、かえって人妻上司の心にダイレクトに届くらしい。

なんだかんだ言っても、彼女がうれしそうにしていたり、照れくさそうな表情を見せてくれるから、和哉としても素直に言葉が出る。

「すみません。でも本当に素晴らしい触り心地だったから……。ビロードのような肌って主任のお肌みたいなのを言うのだろうなって……」

口と脳が直結したらしく、思ったことがそのまま零れてしまう。

もっとも、口を開いてばかりいるからといって、やるべきことをしないわけではない。むしろ、その肌に触れていたいから、掌は絶えず背筋を撫でまわしている。

「もうっ！　そんなに褒められたってサービスしたりしないわよ……。うふふ。でも、ありがとう。正直、こんなに褒められると悪い気はしないわ……」

やはり、莉乃が喜んでくれていたと知り、いよいよ和哉の手つきは真剣さを増していく。今度はその手指でも悦ばせたいと思ったからだ。

「まずはオイルをカラダに馴染《なじ》ませるのでしたね。はじめは強くせずに、オイルを滑らせるように……」

莉乃に確認を取りながら慎重に掌を進めていく。

白い背筋がオイルにヌメ光る姿は呆れるほど美しい。

オイルを行き渡らせた後は、その滑りを利用してマッサージを加えていく。

カラダの中心から一番遠いところから順に、やさしく掌で圧迫してその血流を促していく。手指の爪から手の甲、手首を通過して、前腕、そして二の腕へ。

「どうです？　少しは気持ちいいですか？」

「う、うん。やっぱり宮越君は器用ね。すごく上手よ。とてもこれがはじめてとは思えないわ……」

莉乃が褒めてくれることに気をよくして、手の力は強すぎず弱すぎず。圧迫するとも撫でるともつかない力で。

掌からはじめゆっくりと上へ。丸い肩をやさしく撫でまわしてから、今度は反対側の腕を同じ要領で進める。

腕が終わると首筋を両サイドから包み込むようにして、やさしくマッサージ。

血流を意識して、腕よりは少しだけ強めに。

「どこか辛いところとかあったら言ってくださいね？」

個人によって強さの好みがあるだろうが、その辺りはこうしてきちんと聞いてマッサージするのが基本となる。

「うん。丁度いいわ……。そうね。せっかくだから、少し、肩に時間をかけてくれるかしら？」

「了解です。肩が凝っているのですね……。あぁ確かに、ちょっと張りが強いかも」

コリの具合を指先で確認してからゆっくりと揉み解《ほぐ》しにかかる。けれど、決して強くはせずに、ゆっくりと撫でるくらいで解す。

力任せにすると、どうしても揉み返しが来て、後に辛くなることが多い。このやり方は、時間をかける分、きちんと血行が改善され、後の負担も少ないはずだ。

「ああ、宮越君。本当に上手ぅ……」

薄く華奢《きやしゃ》な肩に鉤状に曲げた掌を何度も行き来させ、血流を促す。

肩のハリが柔らかになったのを見極め、今度は手指を下ろしていく。

繊細なガラス細工にも似た肩甲骨《けんこうこつ》の周辺をゆっくりと撫でまわし、女体の側面にも手指を進める。

「脇はくすぐったがる人も多いから気をつけてね。嫌がられたら即撤退すること。ちなみに私もNGだから」

事前に予防され、やむなく腋の下を避けて、そこから下へ。

途端に、女体がびくんと震えた。

うつ伏せする莉乃に、推定Eカップの美巨乳がやわらかく潰れ、はみ出すようにぷっくらと左右にひり出されていたのだ。和哉としては女体の側面に手指を進めたつもりが、意図せぬままに横乳に触れていた。

「あっ、す、すみません……」

黒いスポーツブラにガードされていても、そのやわらかさの官能味を手指ではっきりと味わった。

和哉とてこの四年間、高級下着メーカーの営業社員として過ごしてきたのだ。

街行く女性の胸元をパッと見でも、カップを言い当てる自信がある。

すなわち、莉乃のバストを推定Eカップと見立てたことにも確信めいた自信があった。とは言え、Ｅカップもの巨乳に触れたのははじめてのこと。そのやわらかさとボリュームに、即座に和哉は悩殺されていた。

「あ、謝ることはないわ……。不可抗力だし、ブラジャー越しだし……。そ、それにこの後、私、バストにもマッサージを受けちゃうわけだし……ねえ」

「ねえ」と同意を求められても、和哉としてはどうリアクションしていいのか。

ただ一つだけ理解したことは、この後、莉乃が真正面から乳房に触らせてくれるつもりであるということ。そのことばかりが頭を占め、ろくに言葉が浮かばない。

「さあ、いいから続けて……」

促されて和哉は、手指をそのくびれた腰に運んだ。

両サイドから手をあてがうと、中指と親指の両方の先端がもう少しでくっついてしまいそうなほど。そのウエストの細さに舌を巻きながら、フォルムの美しさを損《そこ》ねたりしないよう、手指に神経を集中させていく。

女体がピクンと反応したり、もっとあからさまにびくびくんと震えたりするのは、そこに莉乃の性感帯があるからだろう。

ヌメ光る白い背筋が純ピンクに色づき、もち肌にぷつぷつと鳥肌を立たせている。

和哉も莉乃のオイルマッサージを受け、ビクンと体が震えるほど反応を示したり、鳥肌が立つほど気持ちよかったことを覚えている。

それは性的な快感と何ら変わらないだけに、ひどく恥ずかしくもあった。

恐らく、莉乃もその恥ずかしさを味わっているはず。

それだけ和哉が上手くやれているということであるから、うれしくかつ愉《たの》しくて仕方がない。

もっと莉乃を感じさせたい。気持ちよくなって欲しい。その一心で、今度は少しやり方を変えてみることにした。

莉乃に性感マッサージを提案した手前、ここ数日、ネットや書物などで女性の性感帯やそのマッサージの仕方などの研究をしていた。その知識を今一度頭の中で暗唱して、実践してみようと思いついたのだ。

(確か掌を鉤状にして微妙なソフトタッチで、背筋に這わせていくのだったか……)

感覚的には産毛《うぶげ》に触れるか触れないかの、ギリギリの距離感を心掛ける。

「んっ、んんっ……」

つぐまれていた莉乃の朱唇が、くぐもった声を漏らしはじめるのをいいことに、和哉は背筋をゆったりとなぞっていく。

緩急をつけ、あえて指の腹をべったりと着けて滑らせたり、逆にほぼ触れていないに近い距離を取り、背筋を掃《は》いたりと工夫を忘れない。

「くふっ！　ぁん、んんっ」

肩や首筋で指を躍らせたり、肩甲骨で円を描いたり、女体の側面をねっとりと触ったり、痴漢まがいのマッサージへとエスカレートさせていく。

「あっ、いゃぁん……。あはぁ……」

莉乃の脇に中指を入れ、すっと窪みを擦りつけると、びくんと女体が震えた。

「くすぐったかったですか？」

それほどの強さではないから、こそばゆさも感じなかったはず。

「それほどでもなかったけれど、そこはダメって……。んふぅっ、ん、んんっ！」

様子を窺うように美貌をこちらに向けたところを和哉は、またしても首筋に指先をなぞらせた。

そこが莉乃の性感帯の一つと察知して、つーっと人差し指から小指までの指の腹でなぞった。

「主任の感じやすい場所、ここですよね……。ここも弱いのかなあ……」

オイルを纏った指でやさしく耳朶《みみたぶ》をあやすと、白い首筋を慌てたように縮める。

またしても丸い肩をねっとりと撫でまわしてから、女体の側面へと掌を滑らせた。

「本当は腋の下も感じる場所なんじゃないですか？　神経がいっぱい通っているからくすぐったいと勘違いしているだけで……」

言いながら和哉は、再び莉乃の腋の下に指を挿し込み、ゆっくりとなぞった。

「あぅんっ……っく……」

わずかばかり肩をすくめたものの莉乃は、されるがままでいてくれる。

調子に乗り、官能的な腋下を人差し指から薬指の三本でまさぐった。

「ほら、やっぱり。敏感な部分だからこそ感じやすいし、気持ちがいいのだと聞きますよ。主任も、ここはくすぐったいばかりと思い込んでいたのでしょう？」

うつ伏せになったまま素直にこくりと頷いた莉乃を和哉は可愛らしいと思った。

「年上の女性に失礼かもしれないですけど、主任って大人可愛いのですね」

言いながらやさしく腋下から女体の側面を下方向へとなぞっていく。

左右に大きく張り出した腰部に手が到着すると、そこは手付かずのまま通過させ、脚先にまで飛ばせる。

今度は、つま先から順に、ふくらはぎをやさしく揉み解し、太ももへ。ももの外側をなぞり、さらにやわらかい内側をマッサージしてから、ようやく掌を目いっぱいに広げ、魅惑のお尻へと到達させた。

「主任のこのお尻、すっごく魅力的で、しかもエロい！　マッサージとはいえ、こうして触ることができて光栄です」

皮下脂肪に覆われた臀部《でんぶ》は、それほど性神経も多い訳ではない。それ故に、あくまでも男が触って愉しいところであり、お尻で感じる女性は少ないと聞く。

けれど、まるでお尻から性感を得られないかと言えば、そうではない。強く刺激すれば、乳房に次いで豊潤な快感を得られる部位なのだ。

人並み程度にしか女性経験のない和哉ながら、尻フェチの性癖があるだけに、その知識の収集に余念はない。

腰とお尻の境目、少し窪んだ仙骨のあたりを意識して、まずはやさしく撫でた。

「んふっ……。あうっ……」

腰をヒクつかせるのは、背筋にゾクッと快感が走るからだ。

さらには手指を鉤状に曲げ、フェザータッチで尻肌を這いまわる。

「んっ、んんっ……」

尻の谷間に指を落としていくような動きを見せると、ビクンと怖気《おじけ》たように女体の震えが大きくなる。

お尻の側面、ふくらみの頂点、太ももとお尻の付け根あたりに莉乃の性感があるらしく、恥ずかしい反応を隠せずにいる。

「あっ、あぁ、そんな……」

もちろん、撫でるだけではない。緩急をつけるように揉むことも忘れない。

その力も徐々に強め、真裏に位置する女性器を意識して、振動が響くようにあえて強めに揺らしてみる。

「ひぅっ……。あ、あぁ……っ」

背筋が浮き上がるほどの反応に気をよくした和哉は、尻朶《しりたぶ》の下方、太ももの付け根に手指をあてがい、女陰が引き攣《つ》れるように引っ張った。

そうかと思うと、ついには手指をペーパーショーツの内側に挿《さ》し込み、すべやかな媚尻の肌を直接撫でまわしていく。

「あん、お尻、お尻がぁ……」

苦しげにも官能の艶声《つやごえ》のようにも受け取れる莉乃の声。何かを堪《こら》えていることだけは確かなようだ。

「お尻がどうしたのですか？」

「やあ……。私のお尻、おかしいの……。お尻で感じたことなんてなかったのに……。あうぅ……お、お尻が火照《ほて》っているの……」

ふしだらな発情を吐露《とろ》する莉乃に、和哉は信じられないものを見る思いがした。

たとえ、官能の焔に身を焼かれても、この人妻上司であれば隠し通すであろうと、勝手に思い込んでいたのだ。

それも暴走する和哉の痴漢まがいのマッサージで感じてくれている。

普段いくら清楚に澄ましていても、凛としたオーラでバリアを張っていようとも、やはり莉乃は成熟したおんなであり、男を熟知した人妻であるのだ。

（ああ、主任が感じている。俺の掌を気持ちがいいと身悶えてくれている……）

興奮した和哉は、さらに莉乃を感じさせたくて、その鼠径部《そけいぶ》に手指を運んだ。

未だ莉乃の表側には手を着けておらず、背後から届く範囲ばかりのマッサージであったが、それでも丁寧に時間をかけているから十分に素地は出来上がっているはず。事実、お尻が火照っていると訴える莉乃だから、その熱は下半身全体に及んでいるに相違ない。

計算しているわけではないが、和哉は人一倍、観察能力に長《た》け、しかも共感能力も高いお陰で、感覚的に判るようなところがあるのだ。

「ああん。いやぁ……。ダメよっ、いまそこを触っちゃダメぇ……」

慌てたようにビクンと腰が浮き上がり、さすがに和哉の手指を躱《かわ》すように左右に振られる。

「させてください。どうしても俺、莉乃さんを気持ちよくさせたいのです！」

その言葉にウソ偽りはないが、全く和哉に下心や邪《よこしま》な気持ちがない訳ではない。

純粋に莉乃を感じさせたい、気持ちよくさせたいと本気で思っているが、それが自らの欲望であるのか、献身であるのかは、和哉自身にも判らずにいた。

「ダメなのに、恥ずかしいのに……。第一、私は人妻なのに……」

興奮に任せ「莉乃さん」と呼んだのが、人妻の矜持を刺激したのだろう。

その心の揺れを表すように、びくんびくんと艶尻もヒクついている。

じっと見つめて待ち続ける和哉にほだされ、背徳の思いに身を震わせながらも莉乃は、持ち上げていた腰をゆっくりと下ろしてくれた。

「し、知らないのだから……。これ以上、莉乃を感じさせたりしたら後戻りできなくなるわよ……」

仕方がないのだと、どこか自分に言い聞かせるような物言いで、またしても身を任せようとしてくれる莉乃。閉じられていた美脚が、逆V字に開かれていく。

「ああ、莉乃さん……」

それを許しの合図と理解した和哉は、再び莉乃の股座《またぐら》へと手指を運んだ。

「あっ……くふぅ……」

指先が太ももの付け根に触れると同時に朱唇がほつれ、艶《つや》めいた声が漏れ出す。

その鮮烈な快感の前では、先ほどまでのように口をつぐむことができないのだ。

さらに、その妙なる声が聴きたくて和哉は、指先を忙《せわ》しくさせる。

「あっ、あぁっ……」

太ももと女性器の際をやさしくなぞり、極上の啼《な》き声をさらに搾り取る。

エステ用のペーパーショーツには、既に黒い濡れジミが浮き出している。

そこが莉乃の女陰のありかと悟り、すかさず人差し指を伸ばした和哉は、その縦割れをそっとなぞった。

「あんっ！　あふぅ、あっ、あぁっ……」

指と女陰をかろうじて隔《へだ》てているペーパーショーツは、あまりにも薄く、ほとんどないに等しい。あっという間にショーツに広がった濡れジミは堰《せき》を切り、莉乃の蜜液がジュンッと染み出した。

オイルのヌル付きよりもさらに粘着性の強い愛蜜は、ふわりと牝臭を立ち昇らせ和哉の鼻腔から脳髄へと流れ込む。僅《わず》かに残されていた和哉の理性が、凄まじい牝《めす》フェロモンにより一気に焼き切れた。

「ああ、凄い凄い！　莉乃さんのエッチな匂いにクラクラしちゃう……！」

興奮の声を上げながら和哉は、莉乃の背後から掌でぷっくらとした肉土手をすっぽりと覆うとゆっくりと揉みはじめた。

「あはっ、あっ、あぁぁ……」

背後からの女陰への愛撫だけに、何をされるか莉乃には予測がつかないらしく、官能をやり過ごすのが難しいらしい。しかも、あえて和哉も、不規則に手の動きを変えて動かしているからなおさらだ。

「莉乃さんが感じるときの声って、物凄く色っぽいのですね……。普段からとってもいい声と思っていたけど。いまは物凄くエロい。掠れている上にビブラートがかかっているせいかなあ……」

興奮気味に和哉が褒めると、それが余計に莉乃を恥じらわせると同時に、感情の昂りを生むらしい。

「いやん……。恥ずかしいわ……。こんな淫らなところを見られたら、莉乃はもう君の上司ではいられないわね」

まるで莉乃が、和哉のおんなになったような物言いをするから和哉のテンションもどんどん上がっていく。

女性のデリケートな部分に触れているのだから、痛みを与えることのないようにできるだけ力を抜くべきと判っている。けれど、判っていても興奮に呑まれ、つい手指の力を緩めることを忘れがちになる。

(焦るな。焦るなよ……。莉乃さんを気持ちよくさせるのが目的なんだ。興奮しすぎて元も子もなくしたりしないように……)

辛うじてペーパーショーツに隔てられている分、幸いにも摩擦が強すぎたり、爪が当たったりすることはなかったようだ。

それでも、細心の注意を払わなくてはならない。

和哉は、興奮で前後不覚になり過ぎぬよう頭の一部に冷静な部分を残すよう努めた。それにはネットなどで調べたことを頭の中に思い描くことが手っ取り早い。

(力は全くいらず、パンツの生地《きじ》にギリギリ触れる程度の力加減だったな……。ゆっくりと膣そのものの緊張をほぐすように時間をかけて、か……)

性急になりがちな自分を叱りつけ、和哉は腰を据え直し、女陰をあやしはじめる。

返した掌を前後に抜き差しさせたり、左右に揺すったり、もぞもぞと揉み解したりと強弱をつける。今度は自らをしっかりと抑制したフェザータッチ。それがもどかしくも絶妙の焦らしとなり、莉乃を官能の焔に放り込む成果を生んだ。

「あぁっ……。ダメぇ……。どうしよう、感じるわ。あっ、あん、感じちゃうっ！」

禁忌の言葉を口にしながらも抗《あらが》うことなく、なおも身を任せてくれる莉乃。けれど、その様子は明らかに先ほどまでとは違っている。

落ち着きなく女体が蠢きはじめ、ビクンと震わせる頻度《ひんど》も高くなっている。それに伴《とも》い、悩ましい牝臭もはっきりとしたものとなってきた。

女体が汗ばみはじめた上に、女陰そのものがしとどに潤っているからであろう。

「ああ、ウソっ……。こんなにやさしく触られているのに、もうじっとしていられない……。あっ、あぁ……おかしくなってしまいそう……。やさしい刺激のほうが想像力を刺激されるからかしら……。あっ、それダメぇ……」

本気の牝啼きを漏らしながら、女体をのたうたせて身悶える莉乃。さほど強くしているつもりはないものの、切羽詰まった感覚が押し寄せているようだ。

ついには俯《うつむ》けていた女体がぐんと反《そ》らされ、まるで絶頂でも迎えたかのよう。

「莉奈さんって敏感なのですね。もしかして、このままイッてしまえそうです？」

人妻上司の色っぽい反応に、和哉は訊《き》いた。

「ごめんね。呆れるでしょう？　そうなのかも……。私って、感じやすい方なのかもしれないわ。幻滅しちゃうでしょう？」

言いながら顔を上げ、こちらを振り向く莉乃。その瞳には羞恥と興奮の色がない交《ま》ぜになっている。

「幻滅なんてそんなことは……」

確かに、普段の清楚な居ずまいに、彼女がこれほど乱れるとは想像もつかなかった。けれど、決して幻滅などしていない。むしろ、彼女への恋心は高まるばかりだ。それは彼女がどんなに乱れようとも、美しく上品さを失わないからであろう。

「俺、主任のこと……。莉乃さんのことをはじめてあった時から……」

秘めたる想いが、期せずして零れ出た。莉乃が人妻であると、判っている。叶わぬ恋であることに覚悟もしている。

「たとえ実らぬ恋でも莉乃さんのそばにいるだけで愉しいし……。それに研修とは言えこんなスキンシップもあるから……」

まるで思春期の子供のように、カアッと顔が赤くなるのを禁じ得ない。

告白するつもりのなかったことを話しているのだから当然だった。

「もう。そんなこと告白されたら、ときめいてしまうじゃない……。大体、普段から君の熱すぎる視線。うれしいけれど、ご無沙汰な人妻には毒なのに……」

上半身を持ち上げた莉乃の美貌も、和哉に負けず劣らず赤くなっている。

「だから……。このまま一度だけ、その想い叶えさせてあげようか……。もし、嫌じゃなかったら……」

あまりにも思いがけない申し出に、頭の中が真っ白になり、何と答えればよいのか、どうリアクションするべきか、まるで何も浮かばなかった。

「か、勘違いしないでね……。私は人妻だから恋愛感情とかではなくて……。あくまでも研修の一環として考えてくれて構わないから……。ううん。いいわ。本音を言うと、もう我慢できないの。和哉くんにして欲しい……」

蕩けそうな表情で訴える莉乃を、まるで奇跡でも見るような心持ちで和哉は見つめている。

「もちろん、癒し課員として他の社員と接する時に、こんなことがあってもセックスは強要されないから……。あくまでも和哉くんの個人的な判断でいいのよ。私とも……。研修中とはいえ、強要することではないから、もし嫌ならそれでも……」

言い難《にく》そうにしている莉乃の口唇を和哉はキスで塞《ふさ》いだ。

ぎゅっと抱きしめて嫌なんてことはないと伝えたつもりだ。

「莉乃さんだって、俺とセックスすることを会社から強要されてはいないですよね？　個人的に俺としてもいいと思ってくれたからですよね？　だから、すごくうれしいです。莉乃さんとセックスできるなんて！」

ウソ偽りなく本当にうれしいのだと伝えたくて、再び和哉は熱く口づけした。

5

「やっぱり君は、見込んだ通りにおんなを癒すのが上手ね……。ねえ。挿入《い》れて。和哉くんのおち×ちん頂戴《ちょうだい》……」

和哉の腕をすり抜けた莉乃は、ベッドの上で四つん這いになった。

「うふふ。正面からだと恥ずかしすぎるから……。バックからならどれだけ乱れても顔を見られずに済むでしょう？」

和哉が身に着けているものを脱ぐ間もクスクス笑いながらお尻を振っている。

そんな挑発などまるで必要がないほど興奮している和哉は、全裸になるとその美尻に誘われてベッドに上がった。

「莉乃さん。もう、これ脱がせてもいいですよね」

誘ってくれたのは彼女だから確かめるまでもない。それでも聞かずにいられないのは、上司と部下の関係性がまだある証だ。

向こう側で細い頤《おとがい》がこくりと頷くのを横目で確かめながら、和哉はうっとりとした表情で白いペーパーショーツに手をかけた。

それを幾分ワイルドな気持ちでべりべりっと引き破る。既にほとんど用をなさない状態で、美尻にへばりついていた状態だから、ほとんど力など入れずとも容易に紙くずと化した。そんな和哉を莉乃が眩《まぶ》しいものを見るような眼で見つめている。

「ワイルドな和哉くんも素敵ね。うふふ。でも、子供みたい……！」

「どうせ俺は子供じみていますよ。だから、こんなこともしちゃいます！」

「えっ？　あ、和哉くん。ああ、そんな……」

狼狽《ろうばい》するかのごとき恥じらいの声が、肉厚の秘唇から零れ落ちたような気がした。

和哉が、その手指を莉乃のほっこりとしたふたつの尻朶にあてがい、おもむろにぐいっと割り開いたからだ。

自然、和哉の目の前に、剝き出しとなった莉乃の女陰が晒される。

めったにしどけなく開いたりしない股座であるに違いない。立っていても座っていても、左右の膝は常に合わせられているのがおんなの嗜《たしな》みというものだ。それを力任せに、くつろげられてしまったのだから相当に恥ずかしいはず。

「あっ、ああっ……」

その様《さま》は具を暴かれた肉まんそのもの。愛らしくも紫色に色づいた菊座が恥じらいにヒクつき、さらにその下では、楚々《そそ》とした女陰が息吹《いぶ》いている。

太ももの裏や尻朶は抜けるように白いのに、内ももの付け根から露出した女唇は、新鮮なサーモンピンクに色づき、ふっくらとした肉土手の盛りあがりの内側に、清楚な二枚の肉花びらが上品にそよいでいるのだ。

花びらの表面には、細かい無数の皺《しわ》が繊細な模様のように走っていた。

「これがおま×こ……。莉乃さんのおま×こなのですね……」

きちんと手入れの行き届いた女唇とその周辺には恥毛の一本も存在しない。ふっくらとした恥丘を雅《みやび》に飾る恥毛は硬く縮れている。

鮮やかな色合いといい、上品な花びらの容《かたち》といい、とても二十九歳になる人妻のモノとは思えない。

左右シンメトリーに美しく整った女陰は、ほとんど使っていないのではと思われるほどだ。と同時に、和哉には一抹《いちまつ》の不安が過《よぎ》った。

「だ、大丈夫でしょうか？　こんなに莉乃さんのま×こ、奥ゆかしくて。これでは俺のち×ぽを呑み込めるはずがありません。サイズ違いで壊してしまいそうです！」

処女と聞かされても信じてしまいそうな莉乃の女陰と、和哉の醜い肉塊では、美女と野獣どころか月とスッポンの取り合わせだ。

「ああん。大丈夫よ。そんな心配いらないわ……。おんなのアソコって、思いのほか柔軟なのよ……。男前の和哉くんのおち×ぽでも問題ないくらい。だってここから赤ちゃんの頭が通り抜けるくらいなのよ」

人妻上司のやさしい説明に納得した和哉は、そっと指先を花びらに運んだ。

「あん……！」

突然に触れられた花びらがびくんと震える。

太ももの付け根からは、その瞬間を待ちわびていたかのように堰を切って愛液が滲みだした。

「うわああっ、おま×こが透明な液をいっぱい含《ふく》んでピンクに輝いています」

和哉が見たままの光景をつぶやくと、向こう側で莉乃は左右に首を振った。

「ああん、恥ずかしいわ。意地悪言っちゃいやぁ……っ！」

「でも、そうか。いっぱい濡れていれば、挿入もスムーズになりますよね」

潤滑油が豊潤であればあるほど挿入もスムーズになるのは道理。あるいは莉乃も、自分が濡れやすい体質であると承知しているからこそ、和哉の巨根に臆《おく》することがないのかもしれない。

「ねえ、莉乃は、もうこんなに濡れているでしょう。だから、男らしく元気いっぱいにおち×ちんを莉乃の胎内に挿入《い》れて……。和哉くんの男前おち×ぽで淫らな莉乃をイカせてっ！」

寛容と母性、そして情に篤《あつ》い莉乃。上司としても、おんなとしても、最高の彼女。

恐らくその見た目通り莉乃は、身持ちの堅い賢夫人であり、みだりに男に身を任せるおんなとは違うはず。

上品ささえ漂《ただよ》わせている貞淑《ていしゅく》なおんなだからこそ、これほどまでに色っぽいおねだりと映るのだ。

和哉に異存などあるはずがない。分身はずっと挿入したくて、ギンギンにいきり勃《た》ったままなのだ。

「莉乃さん……」

和哉は、人妻上司のむっちりとした太ももの中央に自らの腰部を運んだ。

「本当にいいのですよね？　俺、いま莉奈さんの膣内《なか》に挿入《い》れたらすぐに射精《で》ちゃうかもしれませんよ。それほど昂っていますけど……」

このまま腰を押し出せば結ばれるばかりでありながら、この期《ご》に及んで和哉は莉乃に訊いた。

「大丈夫よ。今日は安全な日だからたっぷりと膣内《なか》に射精《だ》しても……。それに莉奈もすぐにイッてしまいそうなほど高まっているから……」

膣中に射精することまで許してくれる人妻上司。その言葉に、安心した和哉はこくりと大きく頷いた。

「知りませんよ。そんなことまで許してしまって。俺、きっとたっぷりと射精《だ》しますからね。安全な日でも、莉乃さんを孕ませちゃうかも……」

和哉の本気とも冗談とも取れる物言いに、莉乃の女体が、ぶるぶるっと艶めかしく震えた。

あの面談の折、莉乃は掌で和哉の多量な射精を受け止めているから、そのことを知っている。今度は、自らの子宮で夥しい量の精液を受け止めるのだと、想像したのだろう。牝の本能が受精することを望み、子宮を嘶《いなな》かせたのだ。

「いいわ……。もし孕ませることができたら産んであげる……。その時は、莉乃を和哉くんのお嫁さんにしてね……。約束よ」

莉乃が安全日と過信しているのか、はたまた本気でそうなりたいと願ってくれているのか、その言葉からは判らない。けれど、目の前の人妻上司が、淫らな期待に女体を震わせ、エロスの女神さながらに発情を来していることだけは理解できた。

「ああ、莉乃さんが、エロく内面から光り輝いている!」

蠱惑《こわく》を放つ人妻上司の様子に和哉が陶然とつぶやくと、女体全体がさらにボーッと純ピンクに染まった。

「いやぁん、恥ずかしいわ……。いいから早く。こ、ここに……」

羞恥と期待に待ちきれなくなったのだろう。莉乃が女豹《めひょう》のポーズを前のめりに崩し、お尻だけを高く掲げて、和哉に早く挿入してとばかりに自らの女陰に両手を運ぶと、くぱーっとその帳《とばり》を開かせた。

「莉乃のおま×こに、和哉くんの男前おち×ぽ早く挿入《い》れて……」

愛らしい口調でおねだりする人妻上司に、和哉は心から感動した。

「うわあああっ。莉乃さんって、こんなに積極的にエロくなるのですね。澄ましてばかりいるから気づきませんでした。ああ、だけど、エロい莉乃さん、最高に素敵です!」

「いいから、もう焦らさないで……。莉乃は、もう欲しくて堪らないの……」

恥ずかし気に潜められた声は、まるで恥辱から洩れるよう。

「ああ、ごめんなさい。焦らすつもりはないのです……。昂りすぎて……」

美人上司から求められ有頂天になった和哉は、大きく屹立させた自らの分身に手をやり、ずるりと擦った。途端に湧き起こる快感電流に、さらに自らを奮い立たせ、ゴージャス極まりない熟れ女体に再び向き合う。

抑圧していたセックスへの衝動。煮えたぎる劣情が漲《みなぎ》る肉塊に手を添え、背後から女陰にあてがった。

「ああ、ついに莉乃は不貞を働くのね……。和哉くんと結ばれてしまう……」

夫への罪悪を口にしながらも、くびれ腰を甘く振り、年下の恋人を挑発する莉乃。ひどく濡れた女陰は、すでに準備ができている。

上司としての矜持も、人妻の貞淑も、恥じらいさえもかなぐり捨て、和哉の目の前でひとりのおんなとして素顔を晒してくれている。

その可愛さ、美しさ、そしてその健気《けなげ》さに、和哉は居ても立ってもいられず、豊かに発達した尻朶に片手を置き、空いたもう一方の手で脈動する己が肉柱を握りしめ、艶めかしく開かれた股間の中心に先端をピタリと当てた。

「ああ、来てっ……！」

ビクリと痙攣《けいれん》する尻朶。パクパクと開け閉めする秘唇が妖しく囁く。

けれど、やはり莉乃には、品があって、いくら娼婦のように振る舞おうとも、かわいそうなくらいの緊張が股間に漲《みなぎ》っている。喘ぐような彼女の呼吸と共に、ひくりと牝孔も蠢き、その健気さがかえって和哉に眩暈《めまい》を伴うほどの昂奮を湧き立たせた。

「莉乃さん……」

愛しいその名を囁きながら和哉は、その濡れ粘膜に己が亀頭や竿肉を直に擦りつけ、潤滑油をまぶしていく。

「ああ、ついに俺のち×ぽと莉乃さんのおま×こがキスしています」

「いやん、和哉くんのバカぁっ……そんないやらしい言い方……あうんっ……くふぅっ、うっ、ううんっ……熱いわっ……和哉くんの男前おち×ぽ、熱いぃっ！」

肉幹の上ゾリを擦りつけるたび美妻上司が女体をブルッと震わせ、悩ましい声を上げる。

「ぐおおぉ……。き、気持ちいいですっ！　ヌルヌルした花びらが、当てているだけでヒクついてち×ぽをくすぐってきます……。上品に澄まして、こんなにいやらしいおま×こを隠していたのですね」

和哉はうっとりした表情で、愛液にぬめる肉花びらに当て擦りを繰り返す。

「あううっ……。澄ましてなんていないわ……。勝手に和哉くんがそう思い込んでいるだけよ……。ああ、いやらしくしてしまうのは、和哉くんが早くしてくれないから……あはぁっ」

会話の途中にも、ずりずりと擦りつける和哉に、ビクンと女体が痙攣する。

前のめりに頽《くずお》れた女体に潰された美巨乳が、サイドからひり出されている。その弾《だん》力《りょく》が女体をやわらかく弾ませ、巨根と媚肉の擦り合わせを手助けする。

（やばい！　こうして擦りつけているだけで気持ちいい……。これで挿《い》入れたらどうなるのか……）

亀頭を嵌入《かんにゅう》させずに縦渠《たてみぞ》に水平に繰り返し擦りつける。

クチュクチュと淫らな水音を起こすのがひどく愉しい。こんなだから莉乃から子供と言われてしまうのだろう。

けれど、これにも訳がある。

蜜花を上ゾリで散々に踏みにじり、膣内に貯められていた牝液をたっぷりと滲みださせ、自らの分身にまぶしているのだ。

「ううっ。もう限界です！　莉乃さん、挿《い》入れちゃいますね……！」

ふかふかの尻丘を再び両手で割り開き、太ももを大きくくつろげさせると、媚肉の表面に擦りつけていた肉柱を挿入角度に整え、ぐいと腰を突き出した。

「あぁぁあああ～～っ!!」

ぬっぷと淫靡な粘液質の音がするや否や、かくも甘く、かくも艶やかな啼き声が、人妻上司の朱唇から漏れた。

太すぎる肉柱にも莉乃の秘裂は、その柔軟さと人妻らしいこなれ具合で、ぬぷっと切っ先を呑み込んでいく。

「ぐわあぁぁ……。やっぱり狭いかも……。でも、やわらかくって、ぱつぱつ拡がっていく……」

後背位から生々しいビジュアルを実況しながら和哉は、その猛々《たけだけ》しい豪直を慎重に進めていく。

ぶぢゅぢゅぢゅっと押し進めると、亀頭エラが呑み込まれ、竿部の半ばまでが包まれてしまう。

「ひうっ……！　んんんんんんんっ！」

ゆっくりと、けれど確実に侵入されるおんなの肢体が艶やかに委縮した。

熱い吐息を漏らし、極太の充溢感《じゅういつかん》を逃すあたり、やはり男性経験のある人妻だ。

この目も眩むほどに美麗な肉体を、莉乃は何人の男に捧《ささ》げてきたのだろう。

ただでさえご主人を羨ましく思うのに、さらに彼女の過去を思うと、狂おしいまでの嫉妬の炎が胸を焼き尽くす。

「あふぅ……あっ、あぁん、和哉くぅん、んんんんっ」

肉幹を半ばほどまで埋め、そこで少し莉乃を休ませる気配りを見せる。

莉乃の呼吸が整ったところを見計らい、またゆっくりと腰を迫《せ》り出《だ》し、ずるずるずるっと長い幹を押し入れた。

「んふぅ。あぁぁっ……お、大きいぃっ……そ、それに思った以上に長いわ……」

長く続く挿入の衝撃に、ついお腹に力を入れてしまうのか、またしても慌てたように息を吐き出している。

そうでもしなければ、強大な和哉の質量に驚いた膣肉が縮こまり、柔軟性を失われてしまうのだ。

「もう少し、あとちょっとで全部挿入《はい》ります……。莉乃さんには、付け根まで呑み込んで欲しいのです」

気を使いながらも全て埋めたい和哉だから、申し訳なさそうに莉乃に報告をする。

「かまわないから全部挿入《い》れて。和哉くんのおち×ぽ付け根まで呑み込ませて……。だって、和哉くんを癒してあげるのは、莉乃の務めだもの……」

和哉が莉乃を気遣うように、莉乃も和哉を気遣ってくれる。

どこまでも莉乃は、いいおんななのだ。

「ありがとう。莉乃さん……」

感謝の念を抱きながら和哉は、ゆっくりと腰を進め残り四分の一を埋め込む。

「ううっ。それにしても莉乃さんのおま×こ、気持ちよすぎです。莉乃さんは、俺のち×ぽを男前と言うけど。莉乃さんは、おま×こまでが美人なのですね……。ものすごい別嬪《べっぴん》さんです！」

美人上司の肉鞘は、甘味を感じるほどぬるっと滑らかな蜜壺であり、ねっとり媚肉が吸い付いてくるよう。

入り口ばかりでなく、その膣中も相当に狭いと感じる。しかも肉厚で締め付けが強いために、柔軟に拡がりながらも、みっしりと密着して受け入れてくれる印象なのだ。

さらに驚くべきは、莉乃のお腹側の膣肉は紙やすりのようにザラザラしていて、後背位の和哉の裏筋を甘美に削ってくる。

「本当にやばいですっ！　締りがよくて、肉厚で、超気持ちいいっ！　ち×ぽが蕩け落ちそうです！」

これっぽっちも盛らずとも、そのままを口にするだけで、莉乃の女陰の美人振りを褒めることになる。

「いやん。恥ずかしいから言わないで」

「だって、本当に凄いから……。えっ！　うわあああっ。な、なんだ？　やばい、やばい。蠢きながらきゅうって締め付けてきます！」
和哉の生々しい実況が余程恥ずかしかったのだろう。突然、入り口が巾着《きんちゃく》のように
キュッと締まりながら、亀頭部分のあたりと太幹にも強い圧迫が感じられた。さらに
は、肉壁が微妙に蠢くのだ。
「ぐおおぉっ！　な、何これ？　うわあああっ！」
カズノコ天井と俵締めの合わせ技に、和哉は目を白黒させて慌てふためいた。
対する莉乃の方にも、豊潤な挿入愉悦が押し寄せている。
さらには和哉が身震いして膣中を攪拌《かくはん》してしまうため、性感電流を絶え間なく浴び
ているらしい。
「あううっ。感じちゃうぅぅっ……。男前おち×ぽに内側から拡げられて……。莉乃
のおま×こがはしたなく悦んでしまうの……」
牝啼きする莉乃を尻目に、和哉はもうあと一押しとばかりに、艶尻をしっかりと両
手で挟み込み、なおも腰を押し進めた。
望み通り莉乃を孕ませるには、根元まで呑み込ませ、子宮口近くで放出するのが確
実だ。挿入してすぐの射精は避けるつもりだが、膣奥まで拡げさせ、いつでも吐精で
きる準備は済ませたい。

「あっ、あっ、あああああぁ～～っ！」

人妻上司の切ない嬌声が、部屋いっぱいに響き渡る。

プライバシーを保護するために、防音措置までとられているこの部屋が、会社の最上階にあるのだから信じられない。とはいえ、これほどの喘ぎ声であれば、社内中に届いても不思議ないように思える。

恥ずかしがり屋の莉乃だから、それを気にしているはずなのだが、それでも憚ることができないくらいにまで感じてしまっているらしい。

和哉の方にも、気にする余裕などまるでない。

ただただ奥までの侵入を思い描き、ピンクのおちょぼ口のような秘口を赤黒い魁偉《かいい》で押し開いては、ミリ単位のスローペースで肉幹の全てを呑み込ませていく。

そして長く時間をかけた挿入も、ついに終わりを告げた。

「ぐふぅぅっ……すごい、すごいよ。莉乃さん。付け根どころか玉袋まで、おま×こに呑み込まれてしまいそうだ……ぐはぁっ！」

莉乃の最奥にまで到達してしまったことが、実感として判る。

付け根ギリギリまでが呑み込まれ締め付けられている上に、切っ先がコリコリとした軟骨のようなものにぶつかっている。

和哉の鈴口と莉乃の子宮口が、ふしだらにも甘くキスをしているのだ。

「あはぁ……。莉乃のこんな奥深くまで届いた人ははじめてよ……。子宮口が押されているわ……あっ、あぁん！」

痺《しび》れるような快感に、莉乃の肢体がぶるぶると震えだす。

和哉もあまりの快感に、挿入したまま寸分たりとも動けなくなっている。

うねうねと淫らな肉襞《にくひだ》が蠢く様は、愛しい人の精を吸い取ろうとするかのよう。しかも、奥行きが深い上に、秘口、中段、膣奥と極上三段締めがきゅっ、きゅっ、と微妙に締め上げてくる。それも複雑にうねったあげく、もっちりトロトロにやわらかいのだ。

「ぐうぉぉっ……。お、おま×こにしゃぶられているみたいです……。おうぅぅっ……い、いいっ！」

「ああん、和哉くんもすごいわっ……ああん、ダメぇっ……おま×こ、切な過ぎちゃうぅ〜〜っ！」

背後から圧《の》しかかるように貫《つらぬ》かれる被虐《ひぎゃく》に、膝から下をジーンと甘く痺れさせ、腰が抜ける寸前のようだ。

目を見開き、陸に打ち上げられた魚さながら口をパクパクさせている。

部屋に備え付けられた大きな鏡に、人妻上司の切なげな欲情貌が映り込んでいた。

「ああ、深い！　深いわっ！　そ、それ以上奥はもうないのっ……！」

逆ハート形の美尻が、和哉の太ももにぶつかってもなお挿入できそうな勢い。ぐにゅんと尻肉を押し潰すと、その分だけ自らの分身を受け入れてくれる。

かつて和哉の逸物を、これほどまで深く受け入れてくれたおんなはいない。

中には、その威容を眼にしただけで怖気《おじけ》づき、逃げ出したおんなもいたほどだ。

けれど、さすがの名器の持ち主も、かつてないところまでの侵入に、奥歯をガチガチと咬《か》みならし、艶めかしくも凄絶に女体をわななかせている。

その蠢動《しゅんどう》に、たまらず和哉は勃起を嘶かせ、腰をぐいっと捏《こ》ねた。刹那に、鈴口と子宮口の口づけが、ディープキスへと変容した。

「んんんんんん～～っ!!」

途端に、人妻上司が切なげに甲高く呻き、背筋をぎゅうんと反らせてくる。そのまま後ろに倒れ込んでくる背中を慌てて和哉は抱き支えた。

「だ、ダメよ。い、いきなり、奥を捏ねたりしないで……。いきなりだったから、イッ、イッちゃったじゃない……」

イッたにしても、それは軽くで、初期絶頂が兆《きざ》したにすぎないように見える。

それでも莉乃は、イキ涙に瞳を潤ませ、朱唇をわななかせ、押し寄せる漣《さざなみ》に翻弄《ほんろう》されている。その峻烈《しゅんれつ》な性悦に、体中の産毛を逆立て、あちこちの筋を痙攣させていた。

「ちょっと腰を捏ねただけで、もうイッてしまったのですか？　意外と莉乃さんって、淫らだったのですね。もっと清楚な女性に見えていたのに……」

とは言え、ふしだらな莉乃に幻滅したわけではない。むしろ、その奔放な魅力により虜になったとさえ言える。

そう口にしたのは、年上の人妻を自分の淫戯で啼き極めさせる快感。男が女を肉悦で縛る支配欲が、和哉の中でサディスティックな衝動となって込み上げたからだ。

「ああ、だって和哉くんのおち×ちん、凄すぎるの……こんなの、知らない……。SEXがこんなに凄いものだなんて……。主人とは、こんなではなかったから……」

嵌められているだけで、肉の愉悦を宿した電流が二十九歳の四肢を痺れさせている。

和哉は、過敏に反応する莉乃に、さらにEカップの美巨乳を刺激した。

未だスポーツブラをしたままの乳房を下側から支えるように鷲摑《わしづか》み、力強く揉みしだくのだ。

膝をついた華奢な足先が、甘い心地よさに小さく丸められる。

「あんっ。おっぱいぃっ……ああ、そんな強く……くぅ、んんっ」

「ブラの上からだから強く揉まれてももどかしいでしょう？　この邪魔なのはずらしちゃいますね」

言いながら和哉は、莉乃の了承も得ないままに、スポーツブラをずり上げた。

和哉の上半身にべったりと背筋の肌を擦りつけている美妻上司の乳房がぶるんと震え零れ出た。

さすがに、その重さに負け下方向に垂れたものの、乳肌に充分な張りがあるお陰で、ふるんと揺蕩《たゆと》うてから綺麗なお椀型《わんがた》に戻ろうとする。

すかさず和哉は、その下乳から掬《すく》い上げると、その手触りだけで桃源郷へと導かれてしまう。

「ああん。莉乃のおっぱいまで知られてしまったのね……。これで莉乃のカラダは完全に和哉くんに掌握されてしまったわね……」

恥じらうように美貌を染めて、ふるふると力なく首を振る莉乃の堪らない色気。

蠱惑を含有した流し目は、アラサーの淑女というよりも、ねっとりとおんな盛りに熟れた美熟女のそれに近い。

きめ細かな柔肌から発露させているのは、若牡獣から愛戯を施されたくて堪らないらしいエロフェロモン。どこもかしこもおんな盛りに熟れさせて莉乃は、和哉を悦ばせようとしてくれている。

「頭の芯が痺れてくる……。莉乃さんの匂い、なんて甘いのでしょう！」

込み上げる愛しさに、つい乳房を鷲掴む手に力を入れ過ぎた。

「んっ、あぁっ。乳首、潰れちゃう……あんっ」

愛熱に温められた膨らみが、柔軟に容《かたち》を変えながら手指にまとわりついてくる。

たっぷりとその感触を愉しんだ後、蕩け落ちそうなほど熟していた乳首を指の先端でキュッと躙《にじ》り潰す。

そのふくらみも驚くほどに敏感で、乳首などはクリトリスさながらだ。

「あはぁんっ、乳首が切ないわっ……あっ、あんっ、あぁ……っ！」

いじらしいまでに儚《はかな》げに、それでいて牡の情欲を舐《な》め上げるような嬌声を朱唇が奏でる。思わず和哉の股間がぶるりと戦《おのの》き、括約筋《かつやくきん》に押し上げられた我慢汁が圧迫された尿道の中で玉となって噴き出した。

「感じるのですね？　気持ちいいのですよね？」

背後から乳首を弄びながら問いかけてみる。

「か、感じているわ。こんなに気持ちがいいの、とっても久しぶりなの……。夫とは、仕事や何かですれ違いばかりだから……」

「莉乃さん……」

口先をほんの僅かにつんと突きだせば、互いの唇に触れ合える距離。焦がれた女悦が口内を渇かせたのか、美妻上司が大きく唾《つば》を呑んだ。

おんなの多幸感はキスにより盛り上がり、一方で肉悦が高まれば高まるだけキスを求めたがる。知識として頭の中に残っていたが、それを目の当たりにするのははじめてのこと。

「ああ、和哉くん……。口づけを……。ねえ、好きなの……和哉くんが好き……。だから、ねえ、和哉くん、熱いキスを莉乃に……んっ、チュッ……」

我慢の限界に達した美妻上司が恥辱《ちじょく》に頬を火照らせ、吐息混じりに気持ちを告げる。震え上がるほどの悦びを胸に、和哉が情愛を込めて朱唇を塞いでやる。すると、莉乃も随喜《ずいき》の涙を零しながら狂おしく舌を絡めてくる。

ずっと甘い唇を味わっていたい欲求を堪え、数秒と経たずに口内交合を切り上げる。男女の唇から涎《よだれ》の絆《きずな》が切れると「あぁ」と、悲鳴染みた吐息が朱唇から零れた。

「うぅ……もっとキスして……。和哉くん、熱い想いに胸を焦がし、全てを忘れたいの……んぁっ」

切なげな眼差しを向ける美人上司に、和哉はくんっと腰を捏ねる。

尖らせた乳首も指先でやさしく弾いてやると、途端に、莉乃はねっとりと熱を含んだ嬌声を吹き零してしまうのだ。

和哉は、抱き心地抜群の女体をみっしりと背後から抱きすくめ、小刻みに腰を揺すった。

「えっ……？　あっ、んんっ……あ、和哉くん……あっ、あっ、そんないきなり動かさないで……。いやぁ、小刻みに擦れて切ないぃぃ〜っ！」

切っ先で孔揉みするような、ミリ単位の抜き挿しでも、肌を敏感にさせた人妻上司は、美肌に鳥肌まで立てて女体を痺れさせている。

間違いなく莉乃は、すでに何度か軽い絶頂を迎えている。

お陰で女体そのものがしとどに濡れた状態にある。本気汁が吹き零されているから肉塊もスムーズに動く。

「俺もです。俺も莉乃さんが大好きです。このまま莉乃さんを恋人にしたい。だから、絶対に莉乃さんを孕ませてみせます！」

「ああ、凄いわ。莉乃もかつてないくらい子宮がわなないている。和哉くんに孕まされたいと望んでいるのね……あ、ああんっ！」

小刻みだった抜き挿しは、和哉の感情の昂りに伴い、徐々に大きなものへと変化していく。ぐいぐいと腰を押し出し、女体そのものを揺さぶるような律動。媚孔を肉棒で強引に叩くような抽送《ちゆうそう》。自らの分身を女陰に覚え込ませるような動き。

これだけ昂り切った肉体であれば、強めに抜き挿ししても、痛みなど与える心配もないはずと、ただひたすらに高みを目指す。

(莉乃さんの美人ま×こを俺だけのものにしたい……。ご主人なんて、俺のち×ぽで忘れさせる！　ご主人から寝取るんだ!!)

一目惚れの上に、岡惚れまでした莉乃を寝取るには、彼女を孕ませる以外にない。

負の感情をそのままぶつけるように、がむしゃらに子宮を小突き回した。

「あうぁ、あぁ……。ねえっ、どうしよう、欲しいの……。和哉くん、莉乃もうイキそう……。莉乃をイカせて……。和哉くん、お願い……！」

「それは俺の精子が欲しいから？　それとも俺のち×ぽが愛しいからなの？」

「あっ、あっ、あっ……。ど、どっちもなの……。和哉くんのおち×ぽ……熱くて、硬くて……。その男前なおち×ぽでイキたいの……。莉乃の子宮に、和哉くんの精子を浴びせて欲しい……。きっと精子に溺れて、莉乃はイッてしまうのだわ……」

満足のいく答えをくれた人妻上司の子宮を、ズンズンと小突き回す。最奥を擦られた女体が、和哉の腕の中でぶるぶるぶるっと震えた。

「あはぁ……いいわ……ねえ、いいの……莉乃のカラダ、すっかり燃え上がっている……。こんなに火がついたのははじめてよ……」

悩ましく啜《すす》り啼きながら、次々に莉乃がその本性を晒してくれる。そんな美妻上司を和哉は背後から強く抱き締めながら、求められるままに抜き挿しを繰り返す。

莉乃の心まで抱き締めているような心持ちに、ムクムクと高揚感が湧いてくる。

「好きです。大好きです。莉乃さん。でも、そろそろ俺も限界です。思う存分、忖度《そんたく》なしで動かしたいです！」

もどかしいまでにやるせなく分身が余命いくばくもないと訴えている。

思えばこれほどいいおんなを相手に、それも凄まじいばかりの名器に、よくぞこれほど我慢できたと自らを褒め称えたいほどだ。

「ああ、和哉くんっ！　莉乃も、もうイッちゃうから……。おうん、おぉっ……和哉くんの思いのままに莉乃のおま×こに出し入れさせて……」

了解してくれた媚妻上司の朱唇にもう一度ぶちゅりと口づけしてから、やさしく彼女を再び四つん這いに戻してやる。

さらには、勃起を莉乃に挿入させたまま、その美脚を大きく持ち上げさせ、そのまま正常位へと移行させた。

「へへへっ。この方が、自由度が増していっぱい突き回せますので！」

照れくさそうに言い訳しながら和哉は、今度は正面から莉乃に覆いかぶさるようにして、今一度その朱唇を奪い取る。

「あん、和哉くんには、もうこれ以上莉乃の浅ましい貌を見られたくないのに……。ああ、でも、もう遅いわね……。いいわ。莉乃のふしだらなイキ貌《がお》を見て。その代わり和哉くんも莉乃のおま×こでいっぱい気持ちよくなってね……。全部おま×こに射精《だ》してっ！」

「ありがとう、莉乃さんっ。では、お言葉に甘えて……」

互いの気持ちをより強固に結び付け、和哉は律動《りつどう》を再開させた。

はじめこそ穏やかに腰を振っていたが、すぐに堪《たま》らなくなり、どんどんピッチを上げていく。

「莉乃さん、愛しています。この素敵なおっぱいも、いやらしくて甘いま×こも……いっぱい愛している！」

律動につれ、和哉の気持ちも昂っていく。それに連れて、ズブンズブンと抜き挿しを激しくさせる。

「あん、あっ、ああっ……莉乃も愛している。こんなに一途に愛してくれるのだもの、堕《お》ちない方がおかしいわ……。あん、あん、あん、愛してるぅ～～っ……！」

忖度のなくなった抽送にも、媚妻上司は太ももを痙攣させ、足指を戦慄《せんりつ》に震えさせている。媚肉から沸き起こる甘い漣が、彼女をぐんぐん高みへと導いていく。和哉の愛を感じ、肉悦に溺れるのだ。

「うぅっ……。いいっ！　激しいのが気持ちいいっ！　突いて……いっぱい突いて……。んふうっ、そうよ……ああ、和哉くん、いいわ！　ああっ、いいのぉ～～っ！」

逞しい巨根に抜き挿しされるたび、凄まじい性感が四肢に吹き荒れるのだろう。まるで女体に力の入らなくなった莉乃は、腰から下をだらしなく濃密な悦楽に沈ませている。

自制すら及ばないらしく、二十九歳の人妻上司は股座をだらしなく拡げ、和哉の抽送におもねるように局部をさらけ出している。

「あふん……あぁっ、ダメぇ……。いいのぉ……よすぎて莉乃、ダメになりそう……ああぁ、イッちゃう……莉乃、ひどい恥をかいてしまう……」

兆したアクメの大きさに他人妻が恐れ慄《おのの》いた。刹那に、背筋をギュンとエビ反らせ恥骨を和哉に押し付けるようにイキ極めた。

オイルと汗にぬめり輝く白い女体は、強い性的興奮に純ピンクに染め上げられ艶肌のいたるところにアクメ痙攣が起きている。

あまりにも淫らに喘ぐ姿は、それでもひどく美しい。

快感に酔った膝はふしだらに曲げられ、快美な歓びの湧き上がるままに脚先でベッドを掻《か》き毟《むし》る。

これほどまでに淫らなイキっぷりは、アダルトビデオでもお目にかかれない。これがあの上品な美妻上司かと思わせるほど、莉乃の牝性が暴露された瞬間だった。

「莉乃さんのイキっぷりすごい！　なんていやらしくイキ乱れるのでしょう……。エロ過ぎて、俺もうたまりません！」

秘めていたエロスを全て曝《さら》け出した莉乃に、煽《あお》られた和哉は、凄まじい興奮に勃起を嘶かせた。ただでさえ気色のいい三段締めが、喜悦に激しく蠢動しているため、一気に余命を削がれている。

「もっと莉乃さんのエロま×こを味わいたいけど、もうムリ……あぁ、もう……」

「ひっ、あんっ。あ、和哉くん……あひっ、あっ、あっ、あっ、ああん……」

浅瀬にひり出されていた肉塊を、ぢゅぶちゅるるっと再び奥にまで埋め込み、刹那に腰を切り返しては、ずるるるるんっと抜き取る。

エラ首の返しを膣口に咬ませなければ、抜け落ちたであろうほどの引き抜きを食らわせてから、一転して、鋭く腰を突きだし、猛りきった肉塊でズンと女体を串刺しにした。

「あぁあああああああっ……。ぅふぅっ、んくぅぅ、ぅっふぅぅ……」

美妻上司が悩ましい艶声を爪弾かせ、雄々しい肉槍を受け止めてくれる。

女体を痺れさせていた官能が再び破裂して、立て続けに絶頂の波に浚《さら》われている。

カラダばかりでなく心までが、多幸感と快美感とを甘受する器官となり、まるで莉乃の存在そのものが性器と化したような喘ぎよう。

「ぐおおおっ！　莉乃さんのま×こ、突くたびに、締め付けも吸い付きも強くなる。積極的に俺のち×ぽを感じてくれているのですね」

「そうよ。莉乃のおま×こは、すっかり和哉くんのおち×ちんを覚えたわ……。愛しい人のおち×ちんだもの、しあわせで感じ過ぎちゃうの……」

大人可愛さを載せた莉乃の物言いに、込み上げる愛しさが背筋をぞくぞくと痺れさせる。その悦びを攪拌するように、ずぶん、ぢゅぶんっと、昂る勃起を出し入れさせた。

「では、俺は務めを果たしましょう。どうあっても、莉乃さんを孕ませます！」

ここぞとばかりに、和哉は硬く膨張した亀頭を膣襞にずぶずぶと擦りつける。

膣奥から湧き出す本気汁が攪拌されて白く泡立ち、びちゃっとベッドに飛び散る。

牝の発情臭が部屋中に充溢し、若牡の獣欲を苛烈に焚《た》きつけた。

「ああ、和哉くん。好きなのっ……ぁあっ、あっ、あぁっ……だ、大好きっ……」

蜂腰が持ち上がり、和哉の抜き挿しに合わせた練《ね》り腰を見せはじめる。

「俺のどこが好きです？」

「一生懸命で、やさしくて、とってもスケベなところ……。あふぅ……そ、それに、おち×ちんがとっても大きいところも……」

妖しくも艶やかな潤いを瞳に宿らせ莉乃が蠱惑たっぷりに笑う。

「あぁっ、莉乃さんっ」

和哉は甘く心を蕩かし、どうしようもないまでに莉乃に溺れる。

うっとりと美妻上司を見つめながら、必死の形相で腰をしゃくりあげ、自らの肉悦を追う。

理性のひと欠片《かけら》も残らず蕩かされ、牡の種付け本能のみが、せわしなく和哉を動かす。

「莉乃さん……。莉乃……。ああ、りのぉぉぉ……っ！」

ひたすら愛しい名を呼び、射精衝動を追っていく。

「きゃううううっ……。あっ、あっ、あっ……おち×ぽが子宮口に突き刺さって切ない……ああん、突き刺さるぅ～～っ！」

弾むベッドマットと、それにも負けないふかふかな莉乃のマシュマロヒップの弾力を利用し、突き入れては抜き、また嵌入させてと、深挿しに深挿しを重ねる。

「ぐふううっ。莉乃さん。イクよ。俺、もう、イクっ！」

和哉は口を引き結び、きつく眉根を寄せた。

息みながら腹筋に力を込め、柔襞をかき混ぜていた肉竿を不規則に蠢かせる。

「ああ、射精《で》るのね……ちょうだい。いっぱい我慢してドロドロになった和哉くんの精液。莉乃の子宮にたっぷり呑ませてぇ～～っ！」

確実に孕ませたいと、和哉は切っ先を子宮口に密着させてさらに押し込む。

莉乃もまた、妊娠を望む牝本能に任せ、ギュンと腰を浮かせ、鈴口を子宮口で舐めまわす。

牡牝の呼吸が合った瞬間、和哉の陰嚢がにわかに硬く凝縮した。

「射精《で》るっ！　射精《で》るぅっ！　莉乃さん、ぐわあああああああぁぁっ！」

猛り狂う咆哮《ほうこう》と共に、射精口から猛烈な勢いで胤汁《たねじる》が迸《ほとばし》った。

「あはあぁ、熱いっ、和哉くんの精子、熱い〜〜ぃ！」

ビクン、ビクンと鈴口がヒクつくたび超濃厚精液が放たれる。

粘着性が強すぎてまるで礫《つぶて》のような白濁をビシッ、ビシッと子宮口にぶち当てられる快感。その灼熱に媚膣を焼かれ二度三度と美妻上司が絶頂に昇り詰める。

「莉乃さん。ぐふううううっ。あぁっ、射精《で》てるのに腰を止められないっ！」

人妻上司を孕ませる禁忌に触れ、興奮しきった和哉は、より多くの胤汁を送り込むべく、射精しながらもなお抜き挿しを繰り返している。

「ああんっ。莉乃もイッてるのにっ……やぁん、イキま×こ、擦られるの切ないぃっ……うそ、また、来ちゃう……あっ、またイクっ……莉乃、イクぅ〜〜っ！」

絶頂の余韻に浸《ひた》ることも許されず、美妻上司はマルチプルオーガズムに翻弄されている。連続絶頂という名の肉悦に、豊饒《ほうじょう》な肉体が悦びわなないている。

あられもなくイキまくる莉乃を見つめながら、和哉はその若さに任せ、怒涛《どとう》の如く白濁を注ぎまくった。

「はぁ、はぁ、はぁっ……和哉くん……」

最後の一滴《てき》まで放精し尽くし、どっと女体の上に頽れると、称えるような眼差しが和哉に向けられた。

「和哉くんの精液、凄い量だったわね。お腹が膨れたかと錯覚するくらい。たくさんの精液で子宮が満たされてしまったから、本当に孕まされてしまったかも……」

そんな予感めいた確信があるのか、莉乃は悦びに瞳を潤ませている。

「俺も莉奈さんの愛情でたっぷりと癒されましたよ。でも、少し休んだら、またすぐに莉乃さんのま×こを俺のちんぽで突きまわしますからね……。莉乃さんが確実に孕むまでやめませんよ。ほら、まだ精力だって……」

言いながら和哉は、未だ膣孔に残したままの肉塊を嘶《いなな》かせた。

第二章　秘書課のおんな　篠崎麻里奈

1

風薫《かお》る五月も終わる頃。莉乃と結ばれてから二カ月が経過している。

癒し課が〝癒しルーム〟をオープンさせたのは、五月の半ば。

それまでの間、和哉は、ほぼ毎日のように人妻上司を抱かせてもらった。

和哉の性感マッサージの技術向上のためと称し、莉乃の美麗な肉体を教材に、贅沢すぎる研修を手取り足取り受けたのだ。

初めのうちこそ「ああ、莉乃また和哉くんに抱かれてしまったのね。就業時間中なのに、いけないことだわ……！」と、口にしていたが、「腕を磨くのも業務の一環」との和哉の言葉を免罪符に、最近では自ら進んで、積極的に肉棒に跨るようになっていた。

研修なのだからと莉乃は、丁寧に和哉に教えてくれる。それは性の手ほどきに留まらず、女性心理についても詳しく教えてくれた。それも大抵は、淫らに肌を交わらせながらなのだから、和哉としては、うれしい限りだ。

逆に、教わったことを素直に実践する和哉だから人妻上司はたまらない。弱点をすべて曝《さら》け出した上に、その責め方を実地に試したがるのだから最後には必ず激しくイキ乱れてしまうのだ。

そんな中で当初、ゴールデンウィーク明けを目指していた癒し課の始動だったのだが、結局は五月の半ばまでずれ込んだ。

大型連休中は、人妻である莉乃とほとんど逢えないと気づいた和哉が駄々をこねたからだ。へそを曲げた恋人を懐柔するために、莉乃はまたしても〝研修〟を口実に、二人の時間を捻出《ねんしゅつ》しようとオープン日を伸ばす画策をしてくれたのだ。

当面、癒し課の人員は、和哉と莉乃の二人だけであり、オープンといってもしばらくはお試し期間とする方針だけに、その辺りの自由は利いた。

とは言え、癒し課を任されている莉乃には、それほどまでに社長をはじめ上からの絶大な信頼があるという証だろう。

「もう。和哉の思う壺ね……」

そう言いながら和哉のわがままを許してくれる莉乃は、やはり最高のおんなだ。

こうして癒し課は始動をしたのだが、社内的な認知が足りないため、それほどの利用もないだろうと予測していた。

けれど、その読みは、半分が当たり、半分は外れていたのだ。

癒し課の存在を知らしめるツールは、社内の内部用情報システム上に、オフィシャルホームページを立ち上げ、そこでエステやマッサージ、簡易的なメンタルクリニックなどのメニューを掲載しているのみだ。

そのホームページを通じて予約を受け付けるシステムになっているのだが、その予約の段階で莉乃と和哉のいずれかを選択し、指名することにもなっていた。

実際、社長の肝いりで開設されたこともあり、物珍しさもあってかホームページの閲覧数が増えるに従い、予約の方も次々と入りはじめた。

もちろん、それには莉乃の人気もあるらしい。

人事部にいたころから人望が厚く、彼女を慕《した》う女子社員は少なくないと聞く。

しかも、社長直々に、癒しルームの利用は勤務時間内であってもＯＫとのお達しが出ていることも後押ししているらしい。

とは言うものの、その指名は莉乃ばかりに集中していた。

癒しルームは、二部屋用意されていて、予約も二件入れることができる。にもかかわらず和哉に対する指名はゼロなのだ。

「そりゃあ、そうだよ。研修を終えたばかりの俺に、指名なんか入るはずない……。そもそもうちの会社は女性比率八十五％だって。それで誰が俺を指名するかい！」

よく知りもしない和哉のことを女性社員たちがいきなり指名するはずもなく、数少ない男性社員さえもが見目麗しい莉乃の相手を望むはず。

当然と言えば、当然の結果で、ふてくされるつもりはないが、さすがにヒマで堪らなかった。

せめて莉乃が和哉の相手をしてくれれば別だが、仕事だからそうもいかない。

やむなくエステやマッサージの研修用ビデオを見るか、パソコンを立ち上げてはまたぞろネットで性感マッサージを検索するかして、この数日は時間を潰していた。

けれど、それもいい加減、飽き飽きしている。

「ひつまだなあ……。いったい何をしていればいいのか……。仕方がないから掃除でもするかぁ？」

清掃業者が入るため、そんな必要もないのだが、それほどすることがないのだ。

ぼやきながら立ち上がろうとしたところに、開いたままのパソコンが新たな予約を告げるアラームを鳴らした。

「おっ。また莉乃さんに予約が入りましたか？」

マウスを操作して確認すると午後からの予約が一件。それも和哉を指名していた。

「うおっ！　おい、おい。俺をご指名ですか？　えーっ！」

もしや、その時間帯には莉乃の予約が埋まっているのかと思いきや、そういう訳でもない。つまり、はじめから莉乃ではなく、和哉を指名しているのだ。

「なに、なに、なに……。えーっ。ここでの初仕事？」

すぐに和哉のパソコンに予約相手のデータが立ち上がった。

「こういう仕組みなんだ。上手《うま》くできているよな……」

誰がプログラムを組んだのかは知らないが、総務部や人事部が管理するデータとリンクされていて、予約を入れた社員のデータが立ち上がる仕組みになっている。

もちろん、個人情報であるため、明かされるデータは、当たり障《さわ》りのないものばかりだが、決して外部の者が知ることのできない情報なのだ。

「ぎゃーっ！　女性社員？　それも秘書課の娘じゃん。えーと、篠崎麻里奈《しのざきまりな》って。んん……？」

聞き覚えのある名前に和哉は、マウスのボタンを左クリックしてみる。

寸分の間も置かずに、顔写真が立ち上がった。

少女から大人になったばかりといった初々《ういうい》しささえ感じさせる甘い顔立ちが、少し緊張した面持ちでこちらを向いて写っている。

どこかあどけなさが残っていてもキリリとしていてクールビューティといった形容がお似合いだ。

「ああ、やっぱり。そうだ。えー。この子って、姫様じゃないか！　な、何で？」

聞き覚えがあるのも当然、彼女は、対外的にも美女ぞろいとの評判の高いアギシャンにあって、一、二を争うほどの美形を誇る女性社員なのだ。

実は、アギシャンは、美女率が日本一高い会社として、下世話な男性用雑誌などにたびたび取り上げられている。

自らが広告塔としてマスメディアにも露出している社長の川路菜々桜を筆頭に、日本中の美女という美女が集まっているのではないのかと、社員である和哉でさえ思うほど、美しい女性社員たちが集っている。

その中にあって、和哉の上司である葛城莉乃と、秘書課の篠崎麻里奈は有名で、地方の支店にまでその美しさは轟《とどろ》いていたほどだ。

特に麻里奈は社内にも社外にもファンがいて、彼らから「姫様」と愛称されている。密かにミス・アギシャンとも噂されるほどの女性なのだ。

「えええええええっ！　何で？　姫様が何で俺なんかを？」

しかも、その予約は、よりによってカウンセリングが希望されていた。

「ヤバいよ。カウンセリングなら絶対、莉乃さんのほうが向いてるじゃん！」

ほぼパニック状態になった和哉は、昼休みに莉乃に相談することに決めた。

初陣の相手としては、あまりにも荷が重いため、できることなら莉乃に担当を代わってもらおうと思ったほどだ。

2

「えーと……。よ、予約ありがとうございます。癒し課の宮越和哉です……。あっ、はじめまして……。あれ？　同じ社内で、はじめましてってのもおかしいですね」

一〇〇パーセント空回りしている自覚はあったが、挨拶《あいさつ》をやり直すわけにもいかず、どう立て直せばいいのかも判らない。

「いえ。はじめまして。秘書課の篠崎麻里奈です。よろしくお願いします」

丁寧なあいさつが返されはしたものの、その顔に笑みはない。

すぐに気まずい空気が流れるのを和哉にはどうにもできない。

（ああ、だから莉乃さんに代わってほしいと頼んだのに……）

一応、相談を持ちかけてはみたのだが、人妻上司は、やわらかい笑みを和哉に返したのみで、代わってはくれなかった。

「和哉くんなら大丈夫よ。研修の成果を見せるときがようやく来たじゃない」

予約がカウンセリングであることも、相手が秘書課の麻里奈であることも伝えたが、莉乃は和哉を励ますばかり。そうこうするうちに彼女にも予約が入ってしまい、和哉としても万策尽き、やむなくこうして麻里奈と向かいあい座っているのだ。

「では、えーと、あの……。それで、カウンセリングを希望されているようですが……。何を……。いえ、その、何か話したいことがあるから、カウンセリングを選ばれたのかと思うのですが。それで、何の相談を……」

あまりにも下手くそで、直截《ちよくせつ》すぎる切り出しだと自分でも思う。

けれど、頭の中が真っ白で、正直、カウンセリングの進め方も何もかも飛んでしまっている。

正直、和哉には、他人の心の相談を受ける資格などないと思っている。

相談事を持ち掛けられても、困ってしまうだけだ。

もちろん、本当の意味で心の相談が必要なら医者を紹介すればいい。その準備は、莉乃がきちんと整えてある。

医師では解決できない社内的な相談事。例えば、セクハラやパワハラを受けているとかの類《たぐい》であれば、これまた人事部に長く所属する莉乃の出る幕となる。

他の悩みであっても、同性の莉乃の方が、気安いはずだ。

つまり、どう考えても和哉など適任とは思えない。

にもかかわらず、なぜ麻里奈は、和哉を指名したのか。

「でも、どうして俺だったのです？　莉乃さん。いや、葛城主任の方が指名の相手としてはよいのではないですか？」

案の定、和哉を前に、必要最低限の言葉しか発しない麻里奈に、思わず訊いてしまった。

「いいえ。私、確かに宮越さんにお願いしたくて指名しました」

いまにも消え入りそうな声。自信なさげで、どうしたらよいのか判らないといった風情。それでも何度か思い切って何かを口にしかけながらも、話し難そうにして言葉を出せずに、また俯いてしまう。

和哉としては、どうすれば話しやすい空気になるかも判らないため黙して待つしかない。まるで、お見合いの席のようで息が詰まる。

（どうしようかなぁ……。やっぱ俺には荷が重い……。それにしても、この娘、もっと颯爽《さっそう》としていたような……。姫様ってイメージでもないよなあ……）

なるべく表情を柔和に保ち、麻里奈のことを観察するだけが今の和哉にできること。

その中で、気づいたのだ。

本社に来てから、社内で麻里奈のことを見かけたことがある。

彼女が秘書として担当する女性重役をクルマまで見送りに来たところであったか。

その時は、もっと自信に満ちて見えた。

（ああ、そうだ、あの時は確かに〝姫様〟に見えたっけ……）

女性重役よりも、むしろ麻里奈の方が気品と威厳めいたものを纏っていると思ったものだ。

麻里奈が姫様と呼ばれる所以《ゆえん》は、そのクールな美貌にある。

竹取の姫。すなわちかぐや姫を連想させるのだ。

だからといって和風の印象とも違う。むしろ、ハーフか何かかもしれないと思わせる目鼻立ちをしている。

アーモンド形をした理知的な光を宿す大きな眼。その白目部分が、青みがかかって見えるため、それが黒目のくっきりした輪郭《りんかく》を際立《きわだ》たせているらしい。

細い眉は、どちらかというと日本的か。

鼻筋がすっと通り、鼻翼が小さく愛らしい。

唇は、上唇が薄いのに対し、下唇がぽってりと厚く、やや口角が持ち上がり気味。それが彼女を幼く見せる所以《ゆえん》であるのに対し、ほっそりとして尖り気味の顎がシャープな印象を際立たせる。

左右に垂らされたストレートロングの黒髪も、お姫様を連想させるものだ。

(でも、姿勢が……。自信なさげに俯いているから、姫様の印象が薄れているな)

天から垂らされた一本の糸に吊るされているかのような姿勢のよさ。それが品のよさを生み、凛とした雰囲気をつくる。いまの麻里奈には、それが失われている。

「あのね、麻里奈さん。もう少し胸を張って……。顎を引いて姿勢を正しく。そう。うん。その方が、綺麗だ……」

思ったことが、そのまま口に出るのが和哉の悪い癖だ。

言葉にしてから、あっと思うが、一度吐いた言葉はもう戻らない。

「あちゃあ、すみません。初対面の女性に向かって、その方が綺麗だなんて……。へタをすると、セクハラとかって叱られますよね」

慌てて謝る和哉に、はじめて美人秘書が頬を緩めた。

クスリと小さく笑っただけで、急に花が咲いたように華やかになる。

「うわあぁ。カワイイ笑顔！　クールに見えるのは硬い表情をしているからなのですね。笑顔の方がずっと素敵だ……。っと、またやっちゃった。ごめんなさい。俺ね、頭と口が直結しているもので……。逆に行動の方は、頭と連動していなくて」

いつもの調子に戻りつつある和哉は、その言葉通り何の考えもなしに行動に出る。

立ち上がると麻里奈の後ろに回り、そっとその肩に手を置いた。

笑顔を見せてくれたお陰で、少しは硬さが解けたものの、未だに麻里奈は何かを打ち明けられずにいる。

それがどうにも辛そうに見えて、和哉は彼女の肩を揉みはじめた。

肩の凝りを解すように、心の凝りも解してあげたい。その方法は判らないが、温もりを与えることで、少しでもつかえているものが溶けてくれはしないか、とそんな風に考えたのだ。

「ね。考えなしに行動するでしょう？　マッサージを受けに来たのではなく、カウンセリングを望んで来たのにね……」

考えなしどころか、懸命に考えている。どうすれば麻里奈を癒すことができるのか。悶えた言葉をどうすれば吐き出させてあげることができるのか。

考えて、考えて、何も考えつかなくても、さらに考えて。

思いやることが思いやりにつながるのだと、心を温めるには思いやるしかないのだと。そんなことを考えながら麻里奈の肩を揉み解す。

細く薄い肩が儚くて、想像以上に凝っていて、これではさぞ辛かろうと、やさしく揉んだ。

「ああ首筋までカチカチですね。あまり強揉みすると、あとから揉み返しが来ますから、少し時間はかかるけどゆっくりと揉み解しましょうね……」

肩を触れられたはじめこそ、麻里奈は驚いたようにビクンと震えたが、その後は大人しくマッサージを受けてくれている。

和哉がやさしく声をかけるたび、白い首筋がこくりと小さく頷いた。

プロフィールでは、和哉より一つ年下であったか。

けれど、その落ち着いた様子は、大人びて見える。そんなところも「姫様」の所以なのだろうか。

「力加減はいかがですか？　痛くはないです？　強すぎるなら言ってくださいね」

うなじのあたりにも手を運び、首の筋を解す。

「はい。大丈夫です。丁度いいです。とても気持ちいい……」

少しではあったが、ようやく声に丸みを帯びたような気がする。

漆黒のストレートロングから甘いローズ系の匂いがした。

背筋にも手を運び、その熱を伝えるようにやさしく擦る。硬く凝った部分を掌底で軽く圧しながら、少しずつその位置を下げていく。

本来であれば、もう少しやわらかいものに着替えてもらいマッサージした方が効果的なのだが、今日のところはやむを得ない。

やがて到達した腰のあたりにハリを見つけ、もしかすると彼女は腰痛持ちなのかもしれないと気が付いた。

「高いヒールを履いていると、腰が辛くなりますよ。ファッションはやせ我慢することですが、時にはムリをせずにカラダを労《いた》わってくださいね」

腰のハリも時間をかけて解してから、もう一度掌で背筋を圧し、肩甲骨、そして肩へと戻っていく。

かなりの時間をかけたお陰で、明らかに麻里奈がリラックスしているのが、文字通り手に取るように分かった。

「今日はこの位で……」

結局、その日、麻里奈は、肝心なことを何も話せずじまいで終わったが、幾分その表情はやわらいだように見えた。

帰り際に、

「あの。明日も同じ時間に予約をお願いできますか？」

そう麻里奈が訊いてくれたのが、何よりもうれしかった。

3

「今日の予約をオイルマッサージに切り替えていただけますか？」

すがるような眼差しを向けながら、そう言いだした麻里奈に和哉はドキリとした。

密かに姫様と呼ばれる彼女の来訪は、今回で五回目。

ずっと彼女が、言い淀んでいた何事かの正体は、まさかそれではないだろう。

思えば、麻里奈からの信頼を得るまでには、いくつかの段階があった。

はじめこそ、ほとんど会話にもならなかったものの、徐々に言葉が続くようになったことが第一段階。

他愛もない和哉のバカ話にクスクス笑いをしてくれたり、時に愉しそうにお腹を抱えて笑うようになってくれたことが第二段階。

そして、ずっと続けてきたマッサージに気持ちよさそうなうっとりとした表情を見せてくれるようになったことが第三段階であろうか。

マッサージを受けていてもカラダのどこかに緊張を残していたようなところのあった麻里奈が、ゆったりと女体を弛緩《しかん》させて和哉に全幅《ぜんぷく》の信頼を寄せるようになってくれている。

そして今回、麻里奈から、まさかのオイルマッサージの申し込みも、第四のサインなのだろう。

「オイルマッサージですか？　それって直接素肌にオイルを塗《ぬ》って行うマッサージですよ。ほぼ素っ裸になるのですよ」

麻里奈のような年若い女性が、いくらマッサージとはいえ、男の和哉に、ほぼ裸身に等しい恰好で、直接素肌に触られることを望むなどあり得ないように思う。

つまり、彼女はオイルマッサージをどういうものか判っていないのだろう。

けれど、返ってきた答えは、予想に反したものだった。

「それは、判っています……。けれど、カラダのコリは、十分解してもらいました。

ですから、今日は心のリラクゼーションを……」

異性である和哉のオイルマッサージでは、色々なことが気になって、かえって心のリラクゼーションなど味わえないように思える。

しかし、どうやらそれが麻里奈の真の望みではないらしい。それは、この数日、和哉が、真剣に彼女と相対してきたからこそ抱いた直観のようなものだ。

「それって麻里奈さんの目的ではありませんよね。ずっと俺に言えずにきたことでもない。何かもっと、思いつめたものがあるはずなのですが……。それとオイルマッサージがどう結びつくのか……」

まるで名探偵がなぞ解きをするような口調に、美人秘書がやわらかく微笑んだ。

「うふふ。何だか気取っているのですね。でも、当たっています。正確に言うと和哉さんにならわたしの心を癒してもらえそうと思ったからです」

微妙なニュアンスの違いはあれど、確かに、その言い方なら腑《ふ》に落ちる気がする。けれど、彼女は未だ肝心なことを話してはいない。

「もしかして、麻里奈さんって男性恐怖症とか？　そこまでいかなくとも、恐怖症気味とかですか？」

頭に浮かんだ言葉が正解であることを、麻里奈の驚いた表情が告げていた。

「ああ、やっぱり和哉さんが、運命の人なのですね……。わたしの心を癒してくれるのは、きっと和哉さんだけです。和哉さんの言い当てた通り、実は、わたし男性恐怖症気味で……。それに、もしかすると不感症かもしれなくて……」

恥じらいの表情と共に、すがるような眼差しが和哉を真っ直ぐに見つめてくる。

「わたし、高校生の頃につきあっていた男性とその……。本当は、わたしはまだ早いって思っていたのですけど、相手が我慢しきれなくて……ほとんど、無理やりに……。それ以来、男の人が少し怖くなってしまって……」

自らのトラウマと向かい合うストレスからか、少し顔色が青ざめている。

このまま話を続けさせていいものかどうか、正直、和哉は迷った。

思い出そうとすることは、かつて心に傷を負った経験を、再び疑似体験させることになりかねないと莉乃から聞いていたからだ。

けれど、言葉として吐き出すことで楽になることもある。少なくとも、なかなか和哉に打ち明けられなかったことを、ようやく口にしようとしているのだ。

(麻里奈さんは、俺に話すことを切っ掛けに変わろうとしている……)

そう感じた和哉は、結局、麻里奈の言葉を遮ろうとしなかった。

「その後も恋はしたのですよ。でも、どうしても表情が強張《こわば》ったり、ぎこちなくなったり……。お陰で、アイスドールとか姫様とかって……。それでも言い寄ってくる男はいて……。セックスも、何度か。でも、気持ちよくはなれなくて……」

麻里奈の印象をクールビューティとした、己の目のなさを和哉は恥じた。

彼女が冷たい美人と感じられたのは、心が悲鳴を上げていたからなのだ。

どうしてもっと早く気付いてあげられなかったか。もっとよく彼女を見ていれば、気づいたかもしれないことだったのに。

「でも、どうにかして、こんな自分を変えたいじゃないですか。恋だってしたいし、人並に彼氏だって欲しい……。でも、中々切っ掛けが見つからなくて……。諦めかけていた時に、会社に癒し課ができたことを知って……」

俯き加減になりながらも、訥々《とつとつ》と麻里奈は告白してくれた。青ざめていた顔色が、幾分よくなりはじめたのは、恥じらう気持ちに鼓動を早めたせいであろうか。

「なるほど、癒し課で心の傷を癒してもらえればって思ったわけですね」

「はい。それで勇気を出してカウンセリングを受けてみようと……。そうしたら、和哉さんがやさしくマッサージをしてくれて……。本当は、マッサージとかでも男の人に触られるのは抵抗があったのですけど、和哉さんのお陰で、少しずつその恐怖も薄れて……」

会話すら続かないために、苦肉の策でマッサージしていたものが、瓢箪《ひょうたん》から駒となったらしい。

「つまりオイルマッサージをお望みなのは、もうワンステップ踏み出したいということですか？」

「そう思ったのですが、あの……。もし、お願いできるなら、その……。オイルマッサージよりも、もっとプライベートなスキンシップを……。お、お願いできないでしょうか？」

耳まで真っ赤に染めながらも、麻里奈が上目遣いに和哉を見つめている。

プライベートなスキンシップと言われ、あまりピンとこなかったが、その恥じらう様子に、もっと性的なものを請《こ》われたのだと気が付いた。

麻里奈は、和哉が性感マッサージも行うことを知らぬはず。それどころか、〝性感マッサージ〟なる単語さえ知っているか怪しい。

それでも、姫様は、性的に気持ちよくしてほしいと望んでいるのだ。もっとも、〝癒し〟として望む以上、和哉とのセックスまでは望んでいないのだろうが。

「いいのですか。そんなことをしても？　むしろ俺は麻里奈さんみたいな美人を相手に役得でしかありませんけど……。大丈夫ですか？　もちろん、怖くてヤバかったら、いつでも途中でやめますけど……」

「お、お願いします。和哉さんなら怖くないから……。本当に和哉さんが運命の人なら、不感症の方も解消してもらえるかもって……」

頬を赤く艶々に染めた姫様が、照れ隠しのように舌を出してから笑った。

アイスドールが溶けだすと、こんなに可愛いのだと和哉は心から感じた。

「その不感症の件ですけど……。とても聞き難いのですが……。麻里奈さん、オナニーとか経験は？　いや、その自分で触っても気持ちよくならないのかなって……」

あまりにプライバシーに立ち入った質問だと承知しながらも、思い切って和哉は訊いてみた。

お陰で、ただでさえ赤かった美人秘書の貌が、茹《ゆ》でダコほども赤くなる。

「自慰は……、興味本位で、少しだけ……。確かに、感じることは感じたのですけれども、最後までは……。でも、確かに、男の人にされるよりは気持ちよくなります」

もじもじと恥じらいながら応えてくれる麻里奈。秘密を共有したお陰で、多少なりとも和哉に対し気安さが生まれたから、そこまで話してくれるのだろう。

（ふーん。そうか。麻里奈さんの不感症は男にされる時だけか……。だとしたら勝算ありかも……）

訊き出せたお陰で和哉は、麻里奈を救うことは可能と踏んだ。

「もうひとつだけ質問してもいいです？　その運命の人ってのは何ですか？」

この際だからと、どうしても気になっていたフレーズを和哉は訊いた。

「あん。わたしったら……。あの、わたし占いとかが趣味で……。和哉さんに出会った日って、占いでは運命の人に出会うって出ていた日で……だから……」

大人びて見えても、理知的に映っても、彼女はちょっと天然であり、しっかりと乙女であるらしい。

(ああ、世間知らずっていうか、ちょっと浮世離れしているというか、そういうところも姫様なのかも……)

和哉は微苦笑しながらも、その実、麻里奈を好もしく思った。

4

「それじゃあ、どうしましょう……。いまだけは俺、麻里奈さんの恋人ってことでいいですか？　ごっことかではないけれど、そういうシチュエーションの方が雰囲気も出るしリラックスもできるでしょうから……」

「うふふ。賛成です……。わたし、恋人に甘えてみたい願望がありました。でも、ほら、恐怖症があると、そんなこと言えませんし……。でも、和哉さんなら、それも叶えてもらえそう」

やはり麻里奈は、乙女な気質らしい。

クールな印象が霧散したお陰で、地金《じがね》が出てきたのであろう。

「じゃあ、ラブラブな恋人同士ということで。いまからお互いを呼び捨てにすること。それと、敬語とかもなしで」

言いながら和哉は、麻里奈の側に歩みを進め、おもむろに彼女を抱きかかえた。

揃えられた美脚の膝裏に腕を通し、麻里奈の腰のあたりにもう片方の腕を回し、文字通り〝お姫様抱っこ〟したのだ。

「きゃっ！」

短い悲鳴を上げながらも、和哉の首筋に腕を回す姫。間近に来たその顔をあらためて和哉は、まじまじと見つめた。

「うわぁぁ、やばい！　麻里奈さん、超カワイイっ！」

心の中にとどめおくはずの言葉が、そのまま口から出るほど、麻里奈は愛らしく、かつ美しい。

まさしく絵にかいたような美女で、ミスコンに出ても、楽々優勝するだろう。原宿あたりをそぞろ歩けば、すぐにでも女優やモデルとしてあまたのスカウトの声が聞こえてきそうだ。

丸く秀でた額は知性と勝気さを感じさせ、やわらかなラインを描く細眉に、くっきりとした二重瞼《ふたえまぶた》が印象的だ。

くりくりと仔猫のようによく動く、アーモンド形の大きな目は、黒曜石のような黒目と青みさえ帯びた白眼にくっきりと分かれ、神秘的なまでに煌《きら》めいている。

鼻筋が通り、鼻腔と鼻翼が小さいため、全体に愛らしさを添えている。

薄めの唇は、可憐さと上品さを生みだす源泉だ。薄い割にふっくらぷるんとして、持ち上がり気味の口角が微笑むと、殺人的なまでの可愛さだった。

純情可憐な少女っぽさを奇跡的に残した美女は、ある種特有の清楚な色香を発散させている。

和哉の中で、麻里奈の存在が急速に膨らむのを強く自覚した。

「あん。可愛いだなんてそんな……。わたしは、二十五歳でもう大人よ。子供っぽいと言われているみたい……。それに、また麻里奈さんって。呼び捨てにするんじゃなかった？」

ベッドまでそう遠くない距離を、わざと和哉は時間をかけて麻里奈を運ぶ。

この会話がものすごく愉しいのだ。

「そうだったね、麻里奈。でも、大人だって何だってカワイイものはカワイイじゃん。それにずーっと綺麗だなって思ってた……」

褒められたのがよほどうれしかったのか、はにかむような微笑を浮かべた。

「じゃあ、どこがカワイイか、どこが綺麗なのか、具体的に述べて……」

「そういうところが、とってもカワイイ！」

「えーっ、どこどこ？」

照れ隠しなのだろう。おでこに手をやり、大袈裟にキョロキョロと辺りを探す麻里奈。繊細なロングヘアが和哉の頬をくすぐる。

「照れくさそうにおどけるところ……。とっても表情がカワイイ。本当は、コロコロとこんなに表情を変えられるのに、鉄仮面を被って防御していたのだね」

真面目な顔でそう言うと、姫の桜色の唇がキュッとひきしまり、例のクールな表情に戻る。

「こういう顔でしょう？　怖いからわざと無表情にしていたの……」

「うん。気づいてあげるのが遅くなってごめんね。もっと早くに、この明るい笑顔を引き出してあげられたろうにね」

本気で謝罪する和哉の頬に、麻里奈の頬がむぎゅッとあてられた。

「謝らないで。和哉……。本当にやさしい人……」

「ああ、それ勘違いだから。俺はやさしいんじゃないよ。臆病《おくびょう》なだけ。相手をよく観察して、その人が求めることをしてあげるのは、俺が身を守るための手段なんだ」

「ううん。そんなことない。身を守るためなら、わたしのように相手を近づけなければいいのだもの。よく見ていれば、逃げるのも簡単だし……。でも、和哉がそうしないのは、やっぱりやさしいから。そうでしょう？」

とうにベッドに到着している。お姫様抱っこしたままでいるのは、麻里奈を腕の中から離したくないからだ。想像以上に軽い体重だから、それが苦にならない。

「ううん。麻里奈は男性恐怖症の割に、性善説的な見方をするのだね。きっと、本音は、人の温もりを求めているんだよね。さては、寂《さび》しがり屋の甘えん坊だな」

和哉も人のことなど言えた義理ではない。男も女も大抵は、寂しがり屋であり、常に人の温もりを求めているものだろう。けれど、麻里奈にはあえてそれを自覚させた方が、この先、恐怖症を克服しやすいように思われたのだ。

「そうね。本音では、ずっとこんな風に甘えてみたかった……」

和哉の首に巻き付けられた腕に、再びギュッと力が込められた。

推定Dカップの乳房が、やわらかく和哉の胸板に潰れている。

背が高くすらりとしたモデル体型ながら、決して痩せているばかりでもなさそうだ。

「そっか。じゃあ、たっぷりと甘えさせてあげるね。どんなふうに、されたい？」

尋ねながら和哉は体を屈め、やさしく姫をお尻からベッドに着地させる。

すかさず、彼女の脚に回り込み、脚先から靴を脱がせにかかる。

初日に履いていたピンヒールより、踵《かかと》の低いものに変えられているのは、素直に和哉のアドバイスを聞き入れてくれたらしい。

そんな素直さが好もしくて、その爪先に口づけをした。

「あん……。そんな、爪先に口づけなんて、汚いよぉ……」

「麻里奈に、汚いところなんてないよ。どこもかしこもが、こんなに美しいのだもの。ほら、足の爪だって貝殻みたい……」

言いながら、足の指一本一歩に口づけをしていく。ベージュのストッキングに包まれた脚先でも、その温もりは伝わってくる。

爪先へのキスを終えると、今度は足の裏や踵にも唇を進ませる。唇が触れるたび、愛らしい脚指が、こそばゆそうに内側に折り曲げられる。

くすぐったいのだろうと思うが、そう感じるのは、よい兆候に違いない。少なくとも、不感症であればくすぐったいとも思わないはずだからだ。

「俺にどんなふうに甘えるか、決めたかい？　いい子、いい子でもしようか？」

話を蒸し返し、くすぐったさから気を逸《そ》らす。

「か、和哉のお任せにする……。どうされたいのかも、よく判らないもん。だから、やさしくさえしてくれれば、和哉の好きに……」

「うん。判った。でも、ムリはしないでよ。嫌なら嫌って言っていいから……。我慢する必要なんて微塵もないからね」

そう麻里奈を気遣いながらも、和哉の手指は彼女のふくらはぎに触れている。

唇もアキレス腱やくるぶしのあたりに、ゆったりとあてている。

これからエッチなことをはじめるよと挨拶するつもりで、麻里奈の美脚に触れていく。

これまでの和哉であれば、興奮に身を任せ、あるいは性急に唇をその下腹部に運ばせていたかも知れない。

けれど、いまは事を急いて、闇雲に女性器に触れるなど下の下の策と心得ている。

それもこれも、ネットや本などで知識を読み漁《あさ》っては、莉乃の手ほどきを受け、おんなを感じさせるにはどうすればいいかをしっかりと学んだ成果だ。

ならば、さて、どうしようかと、一瞬の思案の後、和哉は、麻里奈の隣に横向きに添い寝すると、そっとその女体を抱き寄せた。

一六五センチ程の身長に対し、体重は五十キロもないだろう。腕に感じる重みも華奢なばかりで、儚く消えてなくなりそうだ。

もう一方の手を、腰のくびれの間に通し、彼女の背後で手と手を組み合わせ、ぐいっと引き絞った。

「あんっ……」

甘さを伴った可憐な声が、桜唇から漏れた。

軽い女体を引き寄せ、麻里奈の腰部を自分のお腹のあたりに密着させた。彼女の方からも、おずおずと首筋に腕が巻き付けられ、上半身も下半身も密着した格好となった。

二人の間には、風船を挟んで、むにっと押しつぶしたような、弾力に充《み》ちたやわらかいものが存在している。莉乃よりもワンサイズ小ぶりなふくらみには、若さ特有のパンと内側から弾けんばかりのハリを感じられた。

「麻里奈の眼。やっぱり綺麗だ。くっきりした二重と大きさのバランスがとても……。

それに何と言っても、その瞳……。麻里奈の瞳の中に、宇宙があって、その深淵に吸い込まれてしまいそうだ……」

清楚で淑《しと》やかな美貌には、才女らしい硬質な知的美が浮かんでいる。

やはりクールビューティそのものなのだが、初対面の時に感じたような冷たさは感じさせない。表情が穏やかになったこともあり、その頬の稜線や口角の持ち上がった唇の甘い雰囲気がずっと際立っている。

「こうして、抱き合っているだけでも気持ちは満たされるでしょう？ お互いの温もりを交換しあえるしね」

紅潮した頬が、コクリと頷いた。

ごく至近距離にある桜唇に、ゆっくりと同じ器官を近づける。

ふわっとした感触に、和哉の背筋が痺《しび》れた。

「麻里奈の唇甘い！ 生クリームにキスしたみたいだ。しかも、やわらかっ！」

触れた瞬間、すーっと溶けてなくなるのではと思うほどの柔唇だ。

ちゅっとくっつけては、すぐに離れ、またちゅちゅちゅっと重ねる。離れるのにひどく後ろ髪を引かれ、またすぐに口づけしたくなる。

「ああんっ。和哉は、キスもやさしいのね。こんなキスはじめてかも……」

褒められたことをいいことに、やさしいキスを繰り返す。

触れた場所からトロッと蕩けだしそうなふんわり唇。触れるたび、心の昂りが膨らんでいくようで、自らを抑えるのにひどく窮《きゅう》する。

ただ唇を重ねあわせるだけで頭の芯が痺れ、体が熱く燃え盛り、早くも勃起させた下腹部を甘い官能が包み込む。

可憐な桜唇は、受け口となり和哉を受け止めてくれている。

しばらく短いキスを繰り返した後、今度はぶちゅぅっと長いキス。途中何度も息継ぎをして、互いの存在を確かめあった。

「ねえ、お口をあーんってして……そう。そしたら、舌をべろーって」

指示されるがまま口を開く麻里奈。清純な美貌が、唇を開けた途端、エロティックな風情を漂わせる。純白の歯列が、艶めかしくも透明な糸を引いた。

愛らしい朱舌がぺろりと飛び出したところに、和哉も厚い舌をべーっと出して、舌腹同士をべったりとくっつけた。

「ふぬんっ……はふっ……べろん、れろん……ねちゅっ……ぬふん……ほうぅん」

ねっとりふっくらやわらかい舌粘膜が、麻里奈の女陰を連想させる。

「今度は、舌を突き出すようにして……そう」

差し出された紅い粘膜を自らの唇に挟みこみ、やさしくしごいていく。舌先でれろれろとくすぐるように愛撫しながら、麻里奈の舌を口腔に押し戻し、そのまま自分も挿し入れる。

しっかりと抱き合った肉体同様、生温かい口の中、舌と舌がみっしり絡みあった。

「うふん……ほううぅ、むぐうっ……はふううっ……」

愛らしい小鼻から漏れ出す熱い息が男心をくすぐってくれる。

舌を縦横無尽にすべらせ、唾液と粘膜でねっとりした口腔内の感触を堪能した。

未だどこか芯の残る女体を蕩けさせようと、息が続く限り長く口づけする。

「ほふう……はむん……あふううっ」

愛らしい小鼻から吐息が洩れるのに勇気づけられ、彼女の甘い舌をやさしく舐めしゃぶる。

唇を窄《すぼ》め、朱舌を愛撫するようにしごき、今度は自らの舌を彼女の下に絡め、互いに粘膜の感触を確かめあう。

おんなはキスで濡れると聞いた。おんなはキスだけでイクこともあるとも。上手なキスは、おんなを濡らし淫らにする。イクかイカないかを決めるのは、このキスで決まると言っても過言ではない。

(性急すぎてはいけない。焦らずに、ゆったりと性感を湧き立たせるように……)

あくまでも冷静に彼女を観察していないと、秘書という仕事柄、彼女は人一倍気づかいをする人だから、感じている演技をしてしまうことだってありうる。

頭の中で取扱説明書を読み直しながら、何度も唇を重ねあう。正直、どれくらい時間が経ったのかも判らない。何度繰り返したものか。熱く唇を求めあううちに、互いの心までが溶けだし、ひとつに混ざり合うのを感じていた。

「キスって……こんなに気持ちいいのね……」

うっとりと瞳を潤ませ、瞼の下を赤らめるのが色っぽい。せつない思いに急《せ》き立てられ、さらに麻里奈をむぎゅぅぅっと抱きしめた。

細い腕が和哉の背中に回され、「腕を離さないで」と伝えてくる。

「麻里奈……」

鼻と鼻をくっつけあって、目と目を見つめあう。

何かに気づいた麻里奈が、頬をさらに紅《あか》らめ、はにかむような表情を浮かべた。

「ねえ、和哉……これはなあに？　ムリしなくっていいって、さっきやさしいこと言ってくれたのに……ここ、こんなに硬くなっている……」

これほどの美女に体を密着させ、熱い口づけをかわしているのだから、下腹部が劣情の塊となるのは当然だ。誤算があるとすれば、あまりに強く抱き寄せたため、コチコチに固まった肉塊を、麻里奈のお腹に押し付ける格好になっていたこと。

爆発しそうに昂った男根のごつごつした感触。滾《たぎ》るばかりの血流がもたらす灼熱。恥も外聞もなく「麻里奈が欲しい！」と訴えている。

「ごめんね。麻里奈……。ち×ぽには、理性なんてないんだ。だから、時折、男はこういうことがあるのだよね。まあ、本能だから気にしないで……」

和哉にしがみついていた麻里奈の手指がふいにほつれ、その位置をゆっくりとずらしはじめた。やわらかな掌に首筋をくすぐられ、胸板を愛しげに擦られ、ついには下腹部にまで到達した手指に、勃起が握り締められたのだ。

「えっ？　ま、麻里奈……。あうっ、そ、それは……」

思わず、びくんと体を震わせると、勢いづいた手指が淫らな動きをはじめた。勃起の形を確かめるように、繊細な掌が上下するのだ。

「うおっ……。だめだよ、麻里奈！　そんなことしたら我慢できなくなる……！」

「いいの……怖いけど……やっぱり、和哉にして欲しいの！」

目の前にあった美貌が、いかにも恥ずかしそうに俯いた。さらさらヘアに、頬をくすぐられ、ますます欲求が圧力を高めていく。

「いいの？　本当にいいの？」

小さく頷く彼女の存在が、ものすごく愛おしい。

「判ったよ。それじゃあ、ありったけの愛情をこめて……」

薄い両肩を摑み取り、ゆっくりと仰向けにさせると、紺色のブレザーのボタンを胸元から順に外した。

「やさしくしてっ……」

愛らしい頰にチュッと口づけして、賛同の意を伝えると、ローズ系の匂いに彩られたブレザーを脱がした。

5

ストレートロングによく似合う濃紺のブレザーを両腕から抜き取り、ブラウスのボタンにかかる。少し身を固くする麻里奈を見つけ、和哉は貝殻でできたボタンを、歯と唇で外しはじめた。

「やだっ、和哉のエッチぃ」

狙った通りの効果。いかにもくすぐったそうに、姫様はクスクス笑ってくれた。

「あん、くすぐったいよぉ。和哉ぁ……」

一番下のボタンから順に進み、ふくらみの谷間にあるボタンに取り掛かる。第一ボタンはラフに外されていたから、これが最後のボタンとなる。

胸元に到着した頭を、麻里奈が両腕でふんわり包み込んでくれた。まるで羽毛に頭を覆われるよう。

ボタンを全て外し終え、白いブラウス生地を左右に大きく開帳させた。

「あん、恥ずかしい……」

露出した黒のブラジャーに包まれた胸元を、慌てたように両手で覆う麻里奈。両腕を交差させているため、想像以上に深い谷間が出来上がっている。

その黒の下着には、ハーフのブラカップを透けさせた瀟洒《しょうしゃ》なレースで覆った、大人なデザイン。セクシーさを演出しながらも、レースが花柄になっているため甘すぎず大人過ぎずと謳《うた》ったアギシャンの高級下着の一つだ。

おしゃれな黒い下着は、麻里奈の色白の肌と対照的なコントラストをなして、映《は》えさせる。

「次は、スカート……」

脇のファスナーを引き下げ、細腰のあたりについたホックも外す。

「ねえ、お尻を持ちあげてくれる？」

従順にお尻が持ちあがると、そのタイミングにあわせ、上着と同色のタイトスカートを、一気に下半身から引き抜いた。

「うわあっ、麻里奈の脚……きれいだぁっ」

ベージュストッキングと、黒のパンツだけとなった下半身に、思わず和哉は嘆息した。それも無理からぬほど、腰部は悩ましくくびれ、連なる臀部が左右に大きく張り出している。

むくみのない太ももはいかにもやわらかそうで、しなやかなふくらはぎへと連なっていく。二十五歳の成熟した下半身は、むんっとおんならしく成熟しているのだ。

着痩せするたちなのだろう。

バストサイズこそ、仕事柄見当がついていたものの、すらりとしたモデル体型は、やや痩せぎすに映っていた。けれど、実際に脱がせてみると、これがどうして中々に肉感的なのだ。

女性らしい丸みを帯びて、出るべきところはしっかりと出ている。

特に素晴しいのは、その蜜肌で、その美しさ、きめ細かさは特筆ものだ。

純白にわずか一滴だけ紅みを挿した雪花美白の肌は、澄み渡る湖さながらに高い透明度を誇り、つるつるぴかぴかだ。

「ああん……そんなに見ないで……恥・ず・か・し・いっ！」

おどけることで、羞恥心を押し殺そうとしているのだろう。今までとは別人のように、健康的で清潔な色香を発散させている。

「恥ずかしがることないよ。本当にきれいだよ」

和哉は、そっとその掌をきれいな丸みを描く艶やかな肩にあてがった。

怖ろしくつるすべの肌に舌を巻きながら、ゆっくりと肩を撫でてから腕へと掌を滑らせていく。練習の成果ですっかり上達した触れるか触れないかのフェザータッチ。ほとんどないに等しい麻里奈の産毛を意識して、柔肌の上を滑らせていく。

「どう？　掌の感触はあるよね」

「ええ。とっても大切に扱われているのが判るわ。少し気持ちいいかも……」

両腕を掌で覆うようにして擦りつけた後は、そのカラダの側面をなぞらせていく。

「あんっ……。ちょ、ちょっと、くすぐったいかも……。脇は弱いの……」

「腋《わき》の下には神経が集中しているから、ちょっと触れられるだけでも、くすぐったく感じるみたいだね。でも、少しだけ我慢して。敏感ってことは、それだけ感じるってことでもあるのだから……」

そう言われた美人秘書は、小さく頷いてから静かにその眼を閉じた。素直な彼女に愛おしさが込み上げる。和哉は、もう一度女体の側面をあやすような素振りで、そっと掌を滑らせる〝ふり〟をした。

「どう？　今度はさっきよりも弱く触っているから、くすぐったくないでしょう？」

暗示をかけるように囁くと、愛らしい小顔がこくりと頷いた。

「うん。今度は大丈夫……」

「じゃあ、もう少し、判るくらいの強さで触るね……」

今度は、指を鉤状にして人差し指と中指の先をギリギリ触れさせて滑らせる。

「んっ、んふっ……」

ぴくんと女体が妖しく揺れた。小さな反応ではあったものの和哉は見逃さない。

さらに、残る三本の指も加え、指の腹をつけて女体の側面に小さく円を描く。

「あん……。んふぅ……。んんっ、んぅん……」

先ほど麻里奈が反応を示した周辺を、中指を中心にして撫でまわす。さらには掌も肌に擦れるように滑らせていく。

「どう。男に触られるの、怖くない？　くすぐったいような心地いいような感じ、判るよね？」

「うん。ちょっとエッチな気分ってこういう感じなのかなぁ……。あそことか、バストの先が、もやもやする感じ……。くすぐったい中に、心地よさがあるみたいな。エステみたいな感覚で愛してくれるから、そう感じるのかも……」

とても素直な姫は、はにかむような仕草を見せながらも、和哉にきちんとその感覚を伝えてくれる。

「そういう感覚があるなら、まずは大丈夫。やはり麻里奈は不感症じゃないよ。きっと男への恐怖と緊張が感じることを拒否させていたのだろうね。じっくりと時間をかけてあやしてあげれば、間違いなく麻里奈は気持ちよくなれると思う」

先ほど、麻里奈は自慰では感じることを教えてくれた。ならば厳密な意味での不感症ではない。

要するに、感じさせてもらえなかったのだ。

麻里奈ほどの可愛さと美しさを兼ね備えた女性を前に、冷静でいられる男は少ないはず。興奮と欲望に呑まれ、独りよがりに女体を触り、挙句自分だけの欲望を満たして果てる。麻里奈は、そんな〝下手くそ〟ばかり相手にしてきたのであろう。

現実に、世の大半の男たちが、そういう身勝手なＳＥＸに終始しているように思われる。それも、若ければ、若いほどその傾向《けいこう》にあると言えるのだ。

正直、癒し課に配属になる以前の和哉も、同じ過《あやま》ちを犯してきた自覚がある。それ故に、ベッドインしておきながらも巨根を口実に逃げられたりしたのだ。

「本当に？　確かに、ああ、感じるかもって感覚はあったけれど……。これだけじゃ、まだわからないわ。それが本当ならわたしをもっと感じさせてみて……」

恥ずかしそうな表情をしながらも美人秘書は和哉を挑発する。彼女なりに背伸びをしているのだろう。そんな麻里奈が愛おしい。

「いいけど……。今度は麻里奈をイカせるまで容赦しないよ。後悔しないでね」

「イクまでって……。い、いいわ。麻里奈のことイカせてみて……」

茹でダコくらい赤くなっても、まだムキになる姫様に、和哉は微苦笑しながらも再び女体に手を伸ばした。

「じゃあ、俺の手とか唇に気持ちを集中させて……」

今度は、本格的に肩や腕、手に触れ、悩ましい首筋にはそっと唇を這わせる。愛らしい耳やその裏側にも唇を触れさせた。

「麻里奈はどこもかしこもがすべすべで、とってもやわらかい……。最高の触り心地だ。それにとってもいい匂い。甘くて蠱惑的で、悩ましい気分にさせられるよ」

掠《かす》れる声で甘く囁きながら、そのまま耳の穴に舌を挿し入れる。すると、これまでとは明らかに異なる反応がびくんと起きた。

「あうんっ！」

漏れ出た声も、艶やかな官能の吐息だ。

「麻里奈の性感帯ひとつ見っけ！　耳が弱いんだね。もっともっと麻里奈の性感帯見つけてあげるね」

むずかる姫の耳朶をたっぷりと時間をかけて舐《ねぶ》り、もう一方の耳朶にも進ませる。

その間中も女体のあちこちに触れていくと、びくんと艶めかしい反応が起きる場所が他にも。あるいは、耳をしゃぶられるうちに、カラダの感覚と耳の性感帯とが混同されるのかもしれないが、うれしい反応が起きていることに違いはない。

（もしかすると、いけるかも……）

ある程度の勝算はあったが、確信していた訳ではない。自信たっぷりに見せていたのは、麻里奈への暗示になるからだ。

突破口が見えた気もするが、まだ端緒《たんしょ》に付いたばかりで、先は長い。焦らずに、焦らずに。そればかりを和哉は心中に繰り返している。

「あん。ああ、そこは……っ」

麻里奈が身を捩《よじ》りながら悶えたのは、魅惑的なふくらみの側面に手をあてがったからだ。

「おおっ！　おっぱい、やらかいぃ〜っ！　ふわふわっ、ほっこほこだぁ……」

まるで大げさではない。本当に凄まじいやわらかさなのだ。

わずかに脇乳に触れただけなのに、それもブラジャー越しであるのに、まるでスライムの如く乳房がふにゅんと凹《へこ》んでいく。それでいてパンとハリがあり、指先を心地よく弾いてくれる。

「すごいなあ……。麻里奈のこのおっぱいに直に触るの楽しみだ……。こんなに瑞々しいおっぱいなのだもの、感じないわけがないよ。絶対に俺が感じるようにしてあげるからね！」

「感じさせて……。和哉の掌でわたしのおっぱい蕩けさせて……」

火照った美貌が、可愛らしく微笑んでいる。

その桜唇をまたしても、ちゅちゅっと掠め取る。

くっきりとした二重瞼にも唇を寄せてから、やわらかな頬の稜線や鼻の頭なども啄《ついば》む。やさしい口づけで、幸福感を与えるのだ。

「好きだよ。麻里奈のことが大好きだ……」

好きだと口にすると、激情に流されそうになると判っていても、その想いを口にせずにいられない。

「ねえ。教えて……。わたしのどこを好きになってくれたの……」

閉じられていたアーモンド形の眼が、ぱっちりと見開かれ和哉のことを見つめている。潤んだ瞳をキラキラさせて、乙女が胸を期待にふくらませている。

「やっぱ、顔かなあ。超絶的に美人だものなあ……。それに、すごく素直なところも。奥ゆかしいのかと思ったら意外と大胆なところとかも好きかなあ……」

真っ直ぐに和哉のことを見つめている眼差しが、いよいよウルウルと蕩け、頬のツヤツヤがさらに純ピンクに染まった。

「わたしも和哉のこと……。やさしくて、思いやりがあって……。好きに……」

掌ですっぽりと乳房のサイドを覆うと、側面から支えるようにしながら、掌の中で軽く揺すらせる。

「どう？　こんなにやわらかいから、やさしく扱っているつもりだけれど、これくらいで大丈夫？」

わざと尋ねながらやさしく脇乳をあやしていく。世の男たちが一番好むサイズのふくらみは、和哉が激情をぶつけてもその瑞々しさで容易に受け止めてくれそうだ。それでも、あえて激しくしないのは、ゆっくりと乳肌を温めて、より感度を高めてから攻め込む目論見《もくろみ》があるからだ。

「うん。大丈夫。何だか、もどかしいくらいだから……。わたしの知る男たちは、みんなすぐにおっぱいにいきなりむしゃぶりついてきたわ。サイドなんて責める人はいなかった」

それはそうだろうと頷ける。これだけ瑞々しくも清楚な乳房であれば、すぐに剥いて真正面から吸い付きたくなるのが人情だ。

しかも、話を聞けば聞くほど彼女が経験した男たちは、どこぞのお坊ちゃまみたいな奴らばかり。そんな輩は、相手を悦ばせる努力もせずに、おんなを傅《かしず》かせることに終始して、挙句自分勝手に果てていくのだ。

(麻里奈の美しさにばかり目を奪われて、内面を尊重しないからそうなる……。美しいのも苦労するのだなあ……)

麻里奈の周りの男たちを勝手な想像で測るのもどうかとは思うが、当たらずとも遠からずと信じている。

「うふふ、ちょっぴりくすぐったいけど……。なんだか、おっぱいがもやもやしてくる……それに、ああ、なんだかしあわせ」

眩しい物を見るような眼差しが、色っぽく蕩けている。

「麻里奈……」

彼女が徐々に女体を火照らせはじめ、感情をも昂らせはじめている。それが和哉にはうれしくて、女体をぎゅっと抱き締めた。

「あん……」

今度の色っぽい声には、抱きしめられる悦びが滲《にじ》んでいる。その違いが何となく判った。

6

「ここまでで気持ちがよかったのはどこだった？　どこが弱いところ？」

声を潜め耳元に吹き込むと、むずかるように美貌が振られた。

腕の中、恥じらう彼女の可愛らしさに危うく悩殺されかける。

「教えてよ。麻里奈。感じさせてほしいのでしょう？」

瞑《つむ》られていた瞼がうっすらと開かれ、和哉の目の奥を覗いている。

潤み切った瞳が、色っぽいことこの上ない。

「く、首筋が……。お、おっぱいも……」

美貌を真っ赤にしながらも、麻里奈はか細い声で教えてくれた。けれど、和哉はすぐにそこに手指を運びはしない。焦らすことも大切と心得ている。

代わりに手を向かわせたのは、ほこほこの太ももだった。

「えっ？　そ、そこなの……？」

予想通り麻里奈の意識は胸元にあったらしく、無防備な太ももに触れられた美人秘書はあからさまに女体を震わせた。

「あっ……そ、そこダメぇ……」

既にスカートの妨げはないから内ももの特にやわらかい部分も容易に触れる。

熱を孕んだ内ももは、まるで焼きたてのパンのよう。ふっくらとやわらく、ほこほこしている。

内ももには、指を開いて力加減を弱めに、逆にももの外側は、強めに流れるように指を膝に向かわせる。

「うおっ。やっぱ、やわらかっ！　麻里奈の内もも最高！」

至近距離で囁いてから、またしても愛らしい耳朶を唇に挟む。

「ひうっ……っく……」

首を竦《すく》ませ、短い悲鳴が漏れたのは、じわじわと性感帯を責め続けた成果だろう。

びくんと艶めかしい震えは、先ほどより格段に大きなものとなっている。

「太ももを触られるのってどう。くすぐったいだけ？」

内ももからも緊張感が伝わるが、けれど、麻里奈はそこを閉ざそうとしない。それをいいことに指をいっぱいに伸ばし、たっぷりと魅惑の太ももをまさぐり続ける。

「あん。く、くすぐったいわ。ああ、だけど、和哉の掌の温もりを感じる。その熱が、わたしのももを火照らせるの……」

ベージュのストッキングに邪魔され、肌のなめらかさを堪能できない。けれど、そのやわらかさや弾力は十分以上に官能的で、手指の性感を悦ばせてくれる。

「ほら、俺の手が麻里奈の太ももを触っているよ……。この指を少し先に進めるだけで、麻里奈のま×こに触れてしまうね……」

それを意識させたくて囁くと、女体がむずかるように妖しく捩れた。

「ああん、和哉のエッチぃっ……！」

耳に心地いい声質が情感たっぷりに掠れゆく。甘えるような拗《す》ねるような、恥じらいを含んだ声が、和哉の男心を揺さぶる。たまらず、その白い首筋に唇をつけた。

吸い付いた肌と同じ滑らかさが、ストッキングの下にも隠されているのだと想像すると、さらに激しい興奮を誘われる。

「んっ……ん、んん……くふぅ、ううっ！」

閉ざされていた桜唇が時折弾けては、艶めいた響きが零れ落ちる。

どれだけ声に官能の色が載せられているか、悦びの響きが含まれているかに神経を集中させる。そうでもしなければ、恐ろしく艶を帯びた呻きに、魂を鷲掴みにされ、前後の見境を失くしてしまいそうだ。

「あぁんっ……火照ってきちゃう……太ももからゾクゾクするような感覚が……」

まるで痴漢でもするかのように太ももを撫で回し、その愉しさに和哉も背筋をゾクゾクさせている。

「すごい！　物凄くエロい太もも……。それに下着が透けた下半身がくねるのも」

あまりにも官能的な下半身に、和哉は魅了され通しだ。

「いやよ。エロいだなんて……」

羞恥の声をあげ、太ももを捩らせる麻里奈。その仕草は、ひどく愛らしい。

「エロいのだから、エロいと言われても仕方がないじゃん。でも、気にする必要なんてないよ。男はみんな、エロい下半身、大好きだから」

フォローにならない言葉を吐きながら、和哉は麻里奈の内ももを摩《さす》っていた手指を美脚の方へと伸ばしていく。股座から手指を遠ざけるのも緩急の一つだ。

体を折り曲げ、美脚にフェザータッチを送り込む。

膝小僧を軽く指の腹で撫でまわし、そのまま指二本を使い、腰に向かって一直線に上がっていく。力はやや強めだ。ちょうど足と腰のつなぎ目辺りを押すように流れては、再び膝に向かわせる。

直に触りたい、逸る気持ちを抑えながら、ふくらはぎを軽く全体的に揉んでやる。反応を確かめながら、さらに下へ進み、アキレス腱にまで手を伸ばして、ほぐすように揉んでいく。あまり強く、揉まないのがマッサージとは違うところ。何度か上下に軽く揉んでは、踵の横をしぼるように揉んでいく。

「どう。リラックスできるでしょう？　俺は麻里奈の足を触るのが愉しいけど……」

「うん、とても気持ちいいわ……」

足の表側を骨に沿わせて擦ってから、小さな愛らしい足の指先へと滑らせる。そして、また徐々に婀娜《あだ》っぽい腰つきに向かっていくのだ。

「んふぅっ！　和哉の触り方があんまりエッチだから、なんだかおかしな気持ちになってきちゃう……。その気になるって、こういう感じなのね……んっ、んん……」

体毛ひとつ生えていない太ももを直接触る想像を禁じ得ない。官能的な熱をほっこりと孕み、そのやわらかさたるや、触っている掌の方が蕩けそうになるだろう。その極上の触り心地を、もう少し我慢すれば堪能できるのだ。

「ほら、俺の指先を意識して……。麻里奈、また太ももを触られているよ。爪の先が麻里奈のいやらしいところに触れそうだ」

言いながら指をまっすぐに伸ばし、美人秘書の股間の付け根に触れるか触れないかまで侵入させていく。

「あっ、触れる……。和哉の指先が、わたしのヴァギナに……」

「ヴァギナって、言い方。なんかいやらしいね」

和哉に指摘されると、美貌が耳まで真っ赤に染まった。

「ああん、だってぇ……」

貌を背《そむ》け、睫毛《まつげ》を伏せる美人秘書の太ももに唇を寄せる。

「ひうっ！」

ビクンと女体が震えた瞬間、手をぐっと伸ばし、掌全体で彼女の股間を覆ってしまう。

「ああん、ダメぇ……」

短い悲鳴が部屋中に悩ましく響く。それでも麻里奈は、和哉の手を妨《さまた》げようとはしない。それをいいことに和哉は、股間を覆った手指で、ほっこりとした船底をやさしく摩った。

もちろん、摩るとは言っても、ほとんど力は入れていない。股間の丸みに沿うように指をあてがい、ストッキングとパンツ越しに女陰を手熱で温めるイメージだ。

それでも時折、指をもぞもぞさせては、縦のクレヴァスを確かめるようになぞらせている。すると、がくんと細腰がそよぎ、もじもじと太ももが捩れた。

「んっ」と、甘い呻きが起きると、すかさず同じ場所に指を運び、今一度反応を確かめる。

空いている側の掌は、姫の下腹部にあてがい、その熱で皮下の子宮を温めた。

「んっ、むふんっ……くっ、くふぅっ」

ねっとりとしたお触りに、たまらないといった風に、女体がヒクつくのが愉しい。その様子は、まるで感じまいとしているようにも映るだけにそそられる。

「んうっ、くふう……ああ、どうしよう……ヴァギナと子宮を温められると、その熱が……あぁ、火照ってくる……。ああん、熱がカラダ全体に及んでいくっ……んっ……んんっ……」

桜唇を閉ざし、美人秘書はあふれ出ようとする声を留めようとしている。感じたいのか、感じたくないのか、だんだん彼女自身も目的を見失いかけているのだろう。

和哉としては、悩ましい艶声を聞かせてほしい。いずれ、我慢しきれなくなるようにと願いながら、首を亀のように伸ばし、新たな狙いを定めた。

目の前のほっこりとした股座に、顔を押し付けようというのだ。

「ああっ、うそっ、そ、そんなこと、恥ずかしい！」

彼女の潜在意識の中に、男性に対する嫌悪や恐怖が隠されているとしたら、それを和らげることが第一のステップ。そして、段階を追ってカラダに感じることを覚え込ませることが第二のステップと、シロウト考えながら和哉はここまでやってきた。けれど、麻里奈の感覚も慣れてきたと見極めた和哉は、さらなる刺激を与えてもよい頃と考えたのだ。

「ここから先は、恥ずかしさも、気持ちよくなるためのエッセンスだよ！」

和哉はそう宣言すると、麻里奈の股座に鼻先を埋めていく。

「ああっ、エッチで甘酸っぱい匂いがするっ。麻里奈、すごいよっ！」

まるで匂いの源泉を掘り起こすように、鼻をパンティストッキングの縫い目とさらにその下の黒いパンツの中心部へとぐりぐり押しつけた。

「ああ、ダメぇっ。そんなところお鼻でなんか……。いやぁん、ほじっちゃいやぁ！」

「甘酸っぱいヨーグルトみたいな香り。麝香《じゃこう》みたいな匂いも混じっている。麻里奈のお股はすごくエッチな匂いなんだね」

「いやぁんっ……。匂いなんて嗅がないでぇ！　恥ずかしすぎるぅっ！」

「でも……ふごっ……ふぐっ……俺には……最高の匂い!!」

頭を小刻みに左右に振るようにして鼻先を震わせ、大袈裟に鼻を鳴らして股座の匂いを嗅ぎまくる。

甘酸っぱくも芳しい匂いは、そのまま麻里奈の牝フェロモンのようで、それを肺いっぱいに満たすと、体の芯からカッカと燃え滾るのを感じた。

「ダメぇ、ああダメぇっ……。そこを掘らないでぇ……。今まで感じたことのない振動、切なすぎるぅ……」

下着越しとはいえ股間を刺激されるむず痒さと得体のしれない快感が湧き上がるのか、ぐりぐりとほじるたびに、牝臭がその濃厚さを増していく。

「どう。気持ちよくなってきた？」

「ああん、和哉のエッチぃっ……ヴァギナにお鼻を食い込ませるなんてぇ、そんなのダメぇっ！」

「じゃあ、今度は舌にしようか……」

やはり女体には何ら問題はなく、すっかり成熟もしているため和哉の念入りな愛撫に濡れてきている。

恐らくそれは、やさしいキスを繰り返してきた成果でもあり、性感を覚えはじめた証拠でもあろう。

今度の和哉は、口唇を股座に押し付けて、硬く窄ませた舌をグイッと伸ばして薄布の湿り気を舐め取った。

「ああん、ダメっ。今度はお口なんて……。いやん、し、舌が食い込むっ！」

クールに映る彼女の股座を、パンツ越しに舌でほじり返した男などいないはずだ。それ故に新鮮な感覚であり、精神的にも興奮を煽《あお》られるはずなのだ。

その証のように、薄布から愛液らしき汁気がじゅわわわっと染み出した。

「あっ、あはぁんっ！　ねえ、ダメだったらァ、舌が食い込んでいるぅっ！」

パンツごと舌先を縦渠に食い込ませる勢いで、どんどん押し込んでいく。そのアブノーマルな感触に、くねくねと蜜腰が揺れている。

「うっ、ううっ……あ、あうううっ」

しきりに口腔を擦りつけるたび、艶めかしく呻く美人秘書。その声は、もはや喘ぎと言って差し支えない。淫裂を舌先に解《ほぐ》されるたび、ピチピチした太ももがぷるるんっと震える。

「ああん、ダメぇっ……こんなやり方、いやらしすぎるわ！」

敏感な部分に、硬くした舌をグリグリと圧迫させる。土手に密着させた唇をもごもごさせて、花びらにも刺激を送り込むのだ。

和哉は空いている手指を、麻里奈の太ももやベッドに下ろされたお尻の下に挿し込んでは、そのやわらかい感触を撫で摩り、揉み込み、いやらしい手つきでお触りを繰り返す。

先ほどまでとは一転して、強い刺激を送り込むのは、お尻の神経は鈍いからだ。

「はんっ！　あはあっ……ああ、お口でされて……。ああん、こんな感覚味わったことないっ！」

グッと息を詰めるように女体を息ませ、強烈な擦りつけを味わっている。内奥から溢れだす愛液が、さらにパンツに滲み、和哉の口元をてらてらと光らせた。

「味わったことのない感覚はいいけれど、どうなの。気持ちいい？」

「あああん、いやん。お口で感じちゃうなんて……。ああ、でもどうしよう。あそこが火照っている。か、感じるって、こういうことなの？」

未知の感覚への不安と狼狽《ろうばい》を滲ませながらも、その美貌には官能の色が浮かびはじめている。

うっとりと表情が緩みはじめ、大きな瞳は焦点を合わせていない。眉根を寄せた苦悶にも似た表情は、恐ろしく官能的だ。

「すごい、すごい、すごい！　エッチなお汁が溢れてくるよっ！」

声を昂らせ和哉は叫んだ。あからさまな麻里奈の反応に、興奮を煽られ、前後の見境がつかなくなっている。鼻を鳴らし、牡イノシシさながらに、獲物の匂いを愉しむのだ。

ふごふごと、すごい勢いでほじくると、妖しく女体がぶるぶると震える。すっかり兆した麻里奈は、額に汗まで滲ませて苦悶する。

「これ、脱がせてもいい？」

ようやく鼻先を退《しりぞ》かせ、和哉は細腰にへばりつくパンツのゴムに手を掛けた。けれど、性急に剝ぎ取ろうとはしない。あくまでも、麻里奈の了承を得ることが肝心なのだ。

「ああん、どうしたの？　わたしのヴァギナ……おま×こを見たいのでしょう？」

「うん。麻里奈のま×こ見たいっ！」

「ああ、判ったわ。脱がせて……」

ずっと指先はゴムの内側に掛けてあるから、引き下げるだけで待望の下腹部と対面できる。和哉は、幾分緊張しながら、パンストと黒いパンツを剝ぎ取っていく。

「あぁっ……」

ゴム紐を大きく外側に伸ばして滑らせると、麻里奈も細腰を持ち上げるようにして、手助けしてくれるから、ほとんど力などいらない。

つるんと玉子の殻を剝くように、下着は下腹部から離れる。クロッチ部分にこびりついた愛液が、つーっと透明な糸を引くのが蠱惑的だ。

「和哉ぁ……っ」

太ももがブルッと震えた。引き締まったふくらはぎがギュッと緊張を見せる。

セクシーな黒パンツをパンストごと、足先まで一気に下ろした。

「ああ、麻里奈はま×こまで綺麗だね……。新鮮な色をしている。なんだか、まだ処女のように初々しい感じ……。おやっ、視線を感じるの？　花びらがヒクヒクしているよっ」

「ああん。だって、ここまであからさまに男の人に視《み》られるの、初めてだから……。電気を消して真っ暗な中でしかしたことないもの……」

なるほど麻里奈らしいと思わせる告白だった。怖さと恥ずかしさもあって、いつも消灯を求めたのかもしれない。

神秘の帳を異性の目に晒すのは、和哉が初めてなのだ。なればこそ、和哉の淫らな表現を浴び、下腹部全体が微熱を帯びることに、麻里奈は少なからず狼狽しているはず。媚肉からじゅくじゅくと粘液が、染み出してくることを自覚していないはずがないのだから。

「いやっ……和哉の意地悪ぅっ……麻里奈に恥ずかしい思いばかりさせてぇっ！」

おんなが悦楽を感受して濡れることは当たり前のこと。それが性的興奮によっても生じることも、麻里奈は理解している。けれど、男性恐怖症のあまり経験不足の彼女には、自身に起きている反応は、理解の範疇《はんちゅう》を越えているはず。判らないからこそ怯《おび》えも生じる。

「ごめん、ごめん……。でも恥ずかしさもエッセンスって伝えたよ。ちゃんと、覚悟していたでしょう？　だからじゃない。こんなに初々しいま×こでも、見られるだけで感じちゃうのは……」

「うそっ……感じちゃっているのっ？　わたし、見られただけで感じているの？」

和哉の視線の熱さ。その自覚が生んださらなる恥じらい。それがさらに快感へと変化していく。一つの反応が、雪だるま式に膨れ上がるのだ。

「俺、うれしいよ……ちゃんと、麻里奈が素直に感じてくれること……」

やさしい表情を浮かべた和哉が、その指先で剝き出しの媚肉をつんと突いた。

「あううぅぅんっ……！」

お尻が浮き上がるほどの鮮烈な快感にたまらず身悶えして、甘い呻きをあげてしまう美人秘書。けれど、あからさまに反応したことがどうしようもなく恥ずかしくて、ストレートロングの髪の中に顔を埋めてしまう。

「ほらっ、麻里奈のカラダはこんなに素直だよ。こんなに敏感なんだ……」

囁《ささや》きで麻里奈に暗示をかけながら、その指先に花びらの一枚を摘《つ》み取り、親指と人差し指で揉み込むように弄んだ。

「ああんっ、和哉ぁっ、気持ちいいよぅっ……。麻里奈、おかしくなりそう……」

もはや麻里奈は、漏れ出す声を止めようとしなかった。それが和哉を喜ばせると、本能的に理解したようだ。恥ずかしがり屋の性分をかなぐり捨てて、あり得ないほどの奔放さを晒しはじめる。それほどまでに昂奮を煽られているのだろう。

「そんなに気持ちいいの？　その気持ちよさに身を委《ゆだ》ねていいからね。カラダの力を抜いて……。素直になるだけ、もっと気持ちよくなれるよ」

心にまで媚薬を吹き込むように和哉が囁くと、麻里奈は全身の力を抜いてうっとりと身を任せてくれた。秘密の花園に、その唇が忍び寄ることさえ、あっさりと許してくれるほどに。

「くふっ、んんっ……あぅっ……んふぅ……あはぁ、ああっ！」

必死に唇をつぐませているところに、性感が破裂するのか、くぐもったような呻きが次々に零れる。否、もはやそれは呻きではなく、明らかに快楽の喘ぎだ。

「……っく、はうううっ……だ、ダメっ、あはぁっ！　ああん、いやよ……。ダメなの……。いやよ、いや、いや。あっ、ああん、ダメ……ダメぇ〜〜っ！」

ピチャピチャと舌先で女陰を舐め啜りながら、指先で肉土手の周囲も愛撫していく。そんな和哉の髪を麻里奈が両手で掻きむしる。

「あうっ……んんっ、あっ、ああ……っ」

これだけでも相当に感じるらしく、しなやかな脚を曲げ伸ばしさせている。それをいいことに和哉は、わざと彼女にも聞こえるように音を立て、唇で花びらを啄んでいく。

一口に女陰と言っても色々な箇所があるが、その全てを少し吸いながらチュッチュ、チュッチュと一秒くらいの間隔で様々な角度から執拗《しつよう》にキスを繰り返す。

「はあああああああああっ！」

我慢の限界を超えた喘ぎは、もはや抑えようもなく、瑞々しく成熟した女体は艶めかしくも派手な痙攣を起こしている。

それを見定めた和哉は、次なるキスを試してみる。顔を左右に振りながら花びらを唇の表面でぶるぶると揺らしてやるのだ。

さらには、唇の先端で花びらをくわえ、軽く圧迫してみる。

「うふぅ、ああん、何それ？　あん、ああん……。咥《くわ》えるのダメぇ……」

じっとしていられなくなった細腰は、いやらしく波打ち、ぴちぴちした太ももが、ぐぐっと内またになり、若鮎のようなふくらはぎに緊張が漲る。

その反応を確かめながら、割れ目に沿って舌先で軽く愛撫しては、またしてもキス。女陰への様々なキスをアトランダムに繰り返すうち、舌が触れるとまるで電流が流れるかのような衝撃が、麻里奈のカラダ全体に走るようになっている。

その衝撃は、恥ずかしさを忘れさせるほどの快感であるらしく、口でされることがこんなに気持ちいいものなのか、と、その表情に現れているほどだ。

「あうぅっ、ああ、すごいっ……和哉の舌……気持ちいい……あっ、あああっ」

得体の知れぬ何かが、ふつふつと子宮から湧きあがろうとするのだろう。美人秘書が、踵をベッドに擦り付け、足の裏をギュッと丸めた。押し寄せる漣のような淫電流を、やり過ごそうとしているらしい。

「あっ、ああああ、ううんっ……だめよ、ダメダメっ、そこ吸っちゃ……やぁ……あっ……あ、あああああぁぁぁっ」

双臀をじりっじりっとくねらせて、迫りくる漣を一つずつ乗り越えている。

危うく呑まれそうになったのか、膝を内側に絞り込み、次には仰向いた蛙のようにガニ股気味に外へと開かせていく。

「まりっ、なぁ……麻里奈ぁぁ……っ！」

和哉の昂奮もマックスに兆している。真っ赤な顔をして姫様の一番敏感な器官に食らいついた。媚肉の合せ目でひっそり息吹く、性感のみを甘受する道具だ。

唇で覆った肉芽を軽くちゅちゅっと吸いつけてから、舌先でやさしく突いてやる。

刹那に、女体がぶるぶるっと派手に震え、蜂腰が軽く浮き上がる。

「あああああああっ……ダメえええっ……そこは、感じすぎちゃううううううううううっ〜〜〜!!」

凄まじい快感電流に、細腰ががくがくがくんとそよいだ。びくんびくんとあちこちの筋肉が痙攣を起こしている。

「舐められてどう？　ものすごく感じてしまうのでしょう……。でも、麻里奈は、感じたいのだよね。それも派手にイキ恥を晒すほどに……」

たっぷりと口腔に涎《よだれ》を溜めてから、軽くキスをして、ぺろりと舐めてやる。そうやって強い刺激が起きる器官をあやされることに女体を慣れさせてから、やさしく包皮を剝き、なおも指や唇で愛撫してやる繊細さが必要なのだ。

そうせずに、いきなり激しく触られては、敏感であるだけに痛みが生じて、気持ちよいなどと感じられない。与えられる刺激が強いと女性の腰が引けてしまうのだ。

「いやんっ！　だ、ダメっ、またそこを弄《いじ》るの？　ああ、麻里奈のクリトリスこんなに敏感だったのね……あ、ああん、そこをぉおっ！」

さらに強い反応が、指先に小豆《あずき》大のしこりを捉えた瞬間に起きた。

唇に一度やさしく吸われ性感を目覚めさせたクリトリスは、そっと恥芯が顔を覗かせていたところをまたしてもあやされてしまったのだ。

さすがに狙われた麻里奈も、危うさを感じたのか、太ももを閉じ合わせようとしたが時すでに遅しだ。

ガクガクと蠢く艶腰に、和哉は捉えた肉萌を逃さぬよう、細心の注意を払いつつやさしく転がした。

「いぁああ、ダメぇっ……。和哉、ああ和哉ぁ〜〜ぁぁぁぁあっ！」

オクターブを上げたあからさまな嬌声は、麻里奈が兆しはじめた証拠だ。逆ハート形のヒップが慌ただしくくねり、まるで暴れ馬のよう。その派手な反応は、彼女の印象と著《いちじる》しく違うが、むしろそのギャップに煽られる。

「ああっ、ああっ、あはぁあ。感じる、感じちゃう……。麻里奈、こんなに感じるの……気持ちいいっ……。いいのねえ、和哉ぁ、こんなにいいの……っ!」

豊かなロングヘアをおどろに振り、長い睫毛を震わせ、眉根を情感たっぷりに寄せている。恐らく何のために堪えているのかも判らないまま、息も絶え絶えに魔悦をやり過ごしているのだろう。

「そうだよね。もうそろそろ限界か……。じゃあ、イカせてあげるねっ」

和哉のその声が、神の慈悲のようにも聞こえたのか、安堵する気持ちが麻里奈の張り詰めていたものを崩落させ、全てのタガを外したようだ。

ここぞとばかりに和哉は唇に挟んでいた肉芽をくりんと甘く潰した。両掌をいっぱいに伸ばして、双の乳房をブラジャーごと鷲掴み、ぐにゅんぐにゅんと揉みくちゃにする。

「はぐううっ……うううっんっ……ほううぅ……いやぁ……なにこれ?　とびそう……ああ、飛んじゃいそう……あふううううんんっ」

上下の蕾《つぼみ》をぐりぐりと揉み込み、舌先でくにゅんとなぎ倒してやる。途端に、全身を陶酔の炎に灼《や》きつくされたのか、ふわっと浮き上がる感覚を覚えたらしい。

「あうううっ、イクっ……」

桜貝を並べたような足爪が、ぎゅぎゅぎゅっと握られる。一つ目の絶頂にさらされたのだ。それでも和哉は、念入りに、ちゅっぱちゅっぱと肉蕾を吸い付けては、舌腹で舐め転がす。のたうとうとする腰つきに、唇が外れそうになるのを、追いかけては執拗に圧迫する。

「あぁあああ……イクっ……イっクぅぅ〜〜っ……。おおん、おお、おううっ……」

エンストを起こしたクルマさながらに、女体が二度三度ギクシャクと動く。迎えた絶頂の凄まじさを見せつけるような動き。細眉がハの字に折られ、目尻、耳朶、頬の稜線を艶やかに紅潮させて、美人秘書は到達した極限の深さを滲ませていた。

7

「うふうっ、うふぅっ……はぁ、はぁあああっ……」

激しく胸を上下させ、長く続く絶頂波に身を浸す麻里奈。その傍らで美しくも妖しい美人秘書のイキ貌を覗きこみ、やり遂げた満足に和哉は浸っている。

その一方で、やるせないまでの性欲が、無意識のうちに自らの分身に手を運ばせている。かつての和哉であれば、とうに麻里奈に抱かせてと懇願しているところだ。

けれど、肝心なところで頭の中に浮かんだのは、莉乃の顔だった。

「和哉ぁ……。ありがとう。とっても気持ちよかった……。でも、まだ和哉に挿入《い》れてもらっていないよ。ねえ、来てぇ……」

じっとりと大きな瞳を潤ませ、大きく両手を広げ姫様が和哉を誘ってくれている。

矢も楯もたまらず、ベッドに飛び込みたいところだが、ぐっと堪えた。

クンニと手淫で麻里奈を絶頂させるところまでは、ギリギリ癒し課の仕事と言えるが、結ばれるとなるとそうはいかない。

麻里奈の魅力には、どハマりしているものの、和哉には莉乃がいるのだ。

「ごめん。これ以上はできないんだ……」

一時は、麻里奈とセックスする気でいたのは事実。けれど事ここに至り、理性の欠片が和哉を留《とど》まらせた。

もう一つ、頭の片隅《かたすみ》で警鐘を鳴らしたのは、自らの分身の大きさだった。

(俺のこれを目にしたらまた麻里奈を怯えさせてしまうかも……。最悪、男性恐怖症がぶり返すことだって……）

禍々しくも醜い肉柱に姫が恐れをなす前に、自ら身を引くのが最善策と思えた。

「それは、ここではまずいってこと？　それとも、和哉には大事な人がいるの？」

「ここまで来て申し訳ない。でも、そうなんだ。俺には、好きな人がいるんだ……」

麻里奈ほどの美女を袖《そで》にすることがどれほど辛いことか。未練たらたらではあったが、吐いた言葉に嘘はない。

「ふーん。そんな人がいるんだ。でも、今ここでだけは和哉は麻里奈の恋人って言ってくれたでしょう。だったら、お願い……。麻里奈を抱いて……。一度きりで構わないから……。それで和哉のこと、諦めるから……」

まさか美人秘書にそこまで求められるとは思ってもみなかった。こうも迫られて、奮《ふる》い立たなければ男ではない。

言わずに置いたもう半分の理由が、ズボンの中で疼きまくる。

ならばとばかりに、和哉は自らが身に着けている衣服をおもむろに脱ぎはじめた。

和哉の肉塊に麻里奈が怖気づくなら、それはそれで仕方がない。それでもなお和哉に抱かれたいというのなら、その時は本能に身を任せると決めたのだ。

「我《わ》が儘《まま》言ってごめんなさい……。彼女さんには悪いけれど、わたしがセックスでも気持ちよくなれそうなのは、いまは和哉だけだから……。だから、お願い……」

その言葉には、麻里奈の賢さが表れている。

恐らくは、目いっぱいの背伸びを麻里奈はしているはず。自分を悪者にしてでも、彼女は和哉に礼をしたいのだろう。

ここまで男性恐怖症を克服し、不感症でもない自分を確認できたなら、あとは和哉でなくともいいはずなのだ。にもかかわらず、性急に和哉を求めるのは、おんなとしての自分の魅力を判った上で、感謝の思いを形にしたいのだろう。

男で痛い目を見た彼女だからこそ、男の生理も知っているのだ。

「ありがとう麻里奈。正直、麻里奈が欲しくて仕方がなかった」

真っ裸になった和哉は、本音を晒しながら再び横たえられた女体へとにじり寄った。

「麻里奈……すぐにでも、ち×ぽを挿入《い》れたい。いいよね？」

断られることを半ば覚悟しながらも、凄まじいイキ様を見せつけられた肉塊は、痛いほどに屹立している。硬さも、角度も、性欲までもが普段以上に漲っていた。

「ああ、来てっ……。麻里奈の膣内《なか》に……。和哉のおち×ちん、挿入《い》れてぇ！」

頬を紅潮させながら、なおも和哉に向かい両手を広げ悩ましいおねだりをしてくれる。ぐしゅぐしゅに果汁をたっぷり溢れさせた陰唇がヒクついていた。

「えっ。あれっ？　麻里奈は、視力が弱いとか……。俺のこと見えている？」

「どうして？　確かに悪い方だけど、コンタクトしているし、全然見えているよ」

「ええっ。じゃあ、なんで？　なんで、怖がらないの？」

拍子抜けするほど普通に、否、極めてエロく、麻里奈は和哉を誘惑してくれる。

しかも、見えていると言うのだから、いまにも腹にまで付きそうなほど、天を仰ぐ逸物も目に入っているはずなのだ。にもかかわらず、まるで怖がろうとしない麻里奈に、和哉は狐につままれる想いだ。

「怖がるって、何を？　和哉なら怖くないし……」

「だって、ほら。ほら、ほらぁ」

半ばやけ気味に逸物を麻里奈の前で振って見せる。

「あん。和哉も麻里奈のお口でして欲しいの？」

そう言いながら愛らしい唇をツンと尖らせ、その切っ先に口づけをしてくる始末。

「おううっ！　麻里奈のやらかい唇がぁ……。って、いや、そうじゃなくって。俺のち×ぽ。怖くないのかぁい！」

へたな乗り突っ込みをする和哉に、姫はキョトンと愛らしい貌を見せるばかり。

「確かに怖い気はするけれど、和哉のおち×ちんだもの。むしろ、愛おしいというか、可愛いかも！　じゃなきゃ、チュウなんてできない」

言いながら、またも鈴口に桜唇がぶちゅッと口づけられる。

「うわあああぁ。気色いいっ！　で、でも、でかすぎるでしょう。これが麻里奈のま×こに挿入《はい》っちゃうわけだし……」

なんとなくプライドが傷ついたような気がして、なおも和哉が深追いをする。

「まあ、そうだけど……。確かに、ちょっとグロテスク。でも、大きさは……。あのね、このサイズなら初めての人よりも……正直、二番目の人も……」

「へっ？　あっ、ああ、そう言うことね。つまり俺のは、小さい方ってわけ……？」

思ってもみない事実に、さすがにプライドがズタズタだった。

なるほど、初体験でそんな巨根に襲われたら男性恐怖症になるのも頷ける。しかも二人目の男も巨根だったとは、結局、同じタイプの男を選んでいるということか。

「ああん。でも、麻里奈を感じさせてくれたのは、和哉がはじめてなのだし……。抱いて欲しいって思わせてくれたのも和哉だけだから……」

まずいことを口にした自覚が彼女にもあったらしく、慌ててフォローをしている。

「そっか。まあ世の中、上には上がいるってことだね。お陰でファイトが湧いてきた。ち×ぽのでかさだけじゃ決まらないことを教えてあげるよ！　麻里奈のイキま×こをいっぱい俺のち×ぽで突きまくって、そんな男たちを忘れさせてやる！」

「ああ、和哉、男らしい！　ああ、挿入《い》れて……。麻里奈の敏感で淫らになったおま×こに来てっ！」

耳に心地よい声質を掠れさせたおねだりに、和哉は女体をベッドに押し倒した。

「その前に、麻里奈のおっぱいを見せて……」

思いついた和哉は、嬉々として麻里奈の腋下に両腕を通し、薄いカラダに腕を巻きつけ、より体を密着させた。華奢でありながら、おそろしく抱き心地のよい女体に、和哉の心は期待に躍るばかり。

「うふん。くすぐったい」

敏感にさせている素肌に、指先が触れるのがこそばゆいのだろう。それでも背筋をエビ反るように軽く浮かせ、和哉の手助けをしてくれる。

「あんっ……」

吐息のように甘く漏れた声に、ホックが外れる音が重なった。刹那、ブラのゴムに手指が引っ張られる。

女体を横たえていても、窮屈《きゅうくつ》に押しあいへしあいしていたためか、反動でまろやかな半球からブラカップがずれる。

危うい位置でバストトップを隠すようにとどまったのが、かえって淫靡だ。

背筋から腕を戻した和哉は、その細い肩からストラップを抜き取り、黒のブラジャーを剝き取った。

「ああっ、恥ずかしい……」

小さな悲鳴と共に、支えを失った乳房の丸みが、たぷんと揺れ、深い谷間が左右に開いた。

まるで重力に負けることなく、張り詰めた乳肌を支えに、美しいドーム状を形成する。遊離脂肪がたっぷり詰まった物体がプリンのようにふるるんと悩ましく揺れ、和哉を悩殺するのだ。

スレンダーな印象を与える細身は、けれど相変わらずメリハリが利《き》いて、ムンと牝を匂い立たせている。

腰回りの急激なくびれが、見事に実った乳房との対比をなし、美しいことこの上ない。しかも、この形のよさはどうだろう。挑発的なまでにツンと前に突き出している上に、ピチピチとハリに充《み》ちている。

薄く削った貝殻ほどに一段高くなった純ピンクの乳暈と、小指の第一関節ほどの麗《うるわ》しい乳首がなんとも可憐だ。

「乳首もあまり感じたことがない」と告白していた美人秘書だが、見た目には感覚が鈍いなどと感じさせない。

「麻里奈！」

昂奮に血走った目で、露《あら》わとなった乳房を眺めながら、和哉はしなやかな美脚を両腕でつかまえ、M字に折り畳んでいく。その空いたスペースに自らの腰を運んだ。

未だ絶頂の余韻が残るのか、時折、肉花びらがヒクついている。

括《くび》れた細腰を力任せに引きつけ、女陰に勃起の出迎えをさせる。

ベッドに膝をついた和哉は、徐々に腰位置を下げ、挿入角度に調節した。

しとどに潤った縦渠。すでに和哉の分身も、先走り汁でギトギトに濡れているから挿入に支障はない。

「あぁっ、和哉……お願い、挿入《い》れて……！」

よほど昂っているのであろう。美人秘書が、切なげな表情で、再びねだる。

「じゃあ、挿入《い》れるよ！」

和哉が、鈴口で膣口にぶちゅッと濃厚キスを贈ると、疼く亀頭部を薄い鶏冠がやさしく抱きすくめる。

ひと呼吸置いてから、引き締まった腰を押し出していく。

「ん、んんっ……っく、くふぅ……」

小鼻を膨らませ息む麻里奈。眉間に深い皺を作り、苦悶の表情にも見えるが、その実、挿入快感に総身《そうみ》をざわつかせているらしい。和哉の勃起を呑みこもうと妖しく蠕《ぜん》動《どう》する肉筒が、それを物語っている。

挿入しているはずの和哉は、美人秘書の縦渠に吸い込まれていくのを感じた。

モデル体型と言えるほど細身の麻里奈の女体は、それに比例するように膣孔も狭い。けれど、その柔軟性が極めて高く、しかも汁気たっぷりにできあがっているため、容易《たやす》く和哉の長大な分身を呑み込んでいくのだ。

「ふはうううぅっ、和哉ぁっ。くふぅぅん。あああああ……!」

官能的に桜唇がわななき、開股した太ももがぷるぷると震えている。掌をぎゅっと握りしめ、眉根を寄せる苦悶の表情。そそる美貌にうっとりと魅入られつつ、なおも和哉は腰を押し込んでいく。

巨大な分身がやわらかな媚肉を引き裂いてしまうから、あくまで進め方はゆっくりだ。その分、麻里奈には長い挿入と感じられるだろう。そして、それがまた美人秘書の女心を複雑に刺激するはず。

かつての麻里奈の男たちへの対抗心もあってか、和哉の分身を少しでもはっきりと印象付けたい。

大きな肉塊をずぶずぶと受け入れていることをしっかりと意識させ、充溢感と異物感を味わわせて、和哉という男に埋め尽くされる感覚を記憶させたいのだ。

「ああっ……来てる……和哉のおち×ちんが……お、奥の方まで挿入《はい》って……っ」

極め付きの美人と結ばれる昂奮を胸に、いきり立つ亀頭を膣孔の天井に擦らせるようにして、なおもずずずっと埋め込んでいく。

「つく……お、大きい、けれど……そ、それ以上に和哉のおち×ちん、ううっ……か、硬いッ……それに、ああ、熱いわ！」

なるほど、巨根であればあるほど血液が十分に集まり切らず、硬度はあまり得られないのかもしれない。対して、いまの和哉は、麻里奈を感じさせたい一心で、やせ我慢にやせ我慢を重ねたゆえに、十二分過ぎるほど肉柱に血液を集めている。しかも、滾る血が体温も上昇させているため、その灼《あつ》さも半端《はんぱ》ではない。そのことを姫は、きちんと膣襞で感じ取っているのだ。

「麻里奈の締りがいいから……窮屈だから……自然に勃起も硬く……っく。熱いのは、麻里奈のま×こだって……っくううう！」

やわらかくも具合のいい媚肉は、入り口がゴム並みに幹を締め付ける巾着であり、内部も処女並みの狭隘《きょうあい》さで肉塊にまとわりついてくる。奥行きがある上に、肉厚であり、起伏にも富んでいる。さらには、その肉襞がまるでビロードのごとくで、蛇腹状にうねりながら、肉棹をしゃぶるようにあやしてくれるのだ。

こんな肉体をしていれば、並みの男など五分以上は、麻里奈の体内にいられないのではないか。それほど蠱惑の肉体だからこそ彼女自身は感じる間もなく男たちが果てていき、結果、自分が不感症であると思い込んだのかもしれない。

「す、すごくいいよっ。挿入《い》れただけで、こんなに気持ちいいなんて……！」

恐るべき快感に晒された和哉は、射精寸前の危うさに苛《さいな》まれている。未だ、律動もくれていないのにだ。

「くっぅ、ううっ……和哉もすごい……熱した鉄の棒を咥えさせられたみたい……なのに……あぁ、気持ちがいいの……あぁぁん！」

灼熱の肉棒がそのまま麻里奈の性熱へと変換されて、女体のあちこちを火照らせるらしい。既に一度、気をやっているために、美人秘書の肌という肌が敏感になっているのだろう。

「麻里奈……。大切な人がいるのは事実で……。それで、こんなこと言うのズルいけど……。おれ、麻里奈のことを好きになりそうで……。いいや。もう好きになっているみたいで……。麻里奈、あぁ、麻里奈ぁ……」

込み上げる激情を口にすると、さらに昂りが増し、抑えが利かなくなる。そうと判っていても、口を突いて出るほど麻里奈への想いが溢れている。

「あぁんっ。うれしい……。愛されるのって、こんなに気持ちがいいことなのね……。あはぁっ、胸がきゅんッとしちゃう……子宮まできゅんッて……愛される悦びに、おま×こが疼いているのね」

おんなは深く愛すれば愛するほど蕩けてくれる。熱に弱いアイスクリームのようなものだ。どんなにクールに装《よそお》っても、熱い愛情を注《そそ》がれれば、心もカラダも蕩けさせる。

もちろん、和哉の気持ちが本物であるだけに、麻里奈が蕩けるのも早い。

瑞々しい女体をぶるぶるっと震わせ、絹肌に産毛を逆立たせ、媚肉をぢゅーんと溢れさせている。キュンキュンと疼く子宮が、膣肉の蠕動を大きくさせていく。

「ああ、麻里奈が、すっごくエロい顔をしている。よがり崩れて、トロトロの牝貌だ……。ああ、なのに、なんて美しいのだろう。麻里奈ぁ！」

その名を呼ぶと、まるで女陰が応えるようにきゅんと締め付けてくる。

愛される悦びに、快感を覚え込まされたばかりの女体が、立て続けの初期絶頂に身を焦がしている。

「だ、だってぇ、うふぅっ、き、気持ち……いいのっ……ほぅぅっ……感じるって、こういうことなのね……。こんなに凄いだなんて……もっと早くに、和哉と出会いたかったたな」

拗《す》ねるような、可愛いセリフ。それでいて、二十五歳の年齢とは思えない熟女のような色気を素肌からムンムンと滲み出させている。

「そんなに感じるのなら、おっぱいも感じられるかな……」

そう宣言してから和哉は、ずっとお預けにしていた魅惑のふくらみに、その両手を運んだ。

「うわあぁ、なんてクリーミーなおっぱいなんだ！」

麻里奈の乳房を目覚めさせるため、逆に和哉は、そのふくらみに直接手を触れてこなかった。焦らすことで、より鮮烈な感覚を与えたかったのだ。

ようやく、その乳肌に触れる段になっても、いきなり真正面から乳房に指を食い込ませたりはしない。

ふくらみの下乳に手指をそっとあてがい、表面をぞぞぞっとなぞり上げるのだ。

もう一方は、副乳のあたりに狙いを定め、掌のぬくもりでやさしく温めてやる。

「つく、んんっ、そんなにやさしくおっぱいを触るの？」

「こうして温められると感じやすくなるんだよ。神経が走っているところやリンパのありかを意識して、ゆっくりと感じるようにしてあげるから……」

大きな乳房は、感覚が鈍いとよく耳にする。けれど、大きさで感度の善し悪しなど決まるものではない。その証拠に、Ｅカップ巨乳である莉乃などは、人一倍乳房が性感帯になっている。

要は乳房で感じられるようになるのも、慣れのようなものなのだ。

十分に気持ちがいいと感じるように愛撫してやればよいだけの話だろう。

和哉が挿入をしたまま、ようやく乳房を標的にしたのは、全ての性感があたかも乳房から湧き上がっているように麻里奈に錯覚させようとたくらんでいたからだ。

「ああん、和哉の掌の温もりが……。そうよ、そこが敏感……。そこに神経が通っているのね……。ああ、気持ちいい……っ」

和哉が腋の下と横乳の境目のあたりをやさしくなぞってやると、女体がぴくんと反応する。さらに、下乳にも手を運び、その輪郭をなぞらせる。

温められている上に、神経の集まる敏感な場所を刺激しているのだから、反応しない方がおかしい。もともと、アンダーバストは乳房の他の部分より感じやすい部位であり、腕などが擦れたくらいでも感じることがあったはずなのだ。

「……んふぅ……あはぁ……あぁ、どうしよう……おっぱいがもやもやしてきたわ……やるせないような気持ちいいような……。おっぱいが感じるってこういうこと？」

はじめは、こそばゆそうにしていた麻里奈も慣れてくるに従い、おんなの反応を露わにしはじめる。

びくんと女体を震わせたり、軽く腰を浮かせたり、美貌を左右に振ったりと、悩ましい反応を隠せなくなっている。

正直、ここまでの手応えがあるとは思っていなかった。もっとくすぐったがられるか、軽い気持ちよさを訴える程度と予測していたのだ。

にもかかわらず、麻里奈は、どんどんその感度を上げ、ついには背中を仰《の》け反《ぞ》らせるほどの大きな悦楽を感じはじめている。

ピンクに染まった乳膚《ちちはだ》には、うっすらと汗が浮かびはじめる。美人秘書の艶やかな嬌態に、我慢ならなくなった和哉は、ここぞとばかりに口腔も解禁した。

手指の及んでいない側の滑らかな乳肌に唇を這わせ、舌を伸ばしながら吐き出した息を吹きかける。

「ねえ、吸って……感じはじめた麻里奈の乳首、吸ってぇ……焦らされ過ぎて、もどかしいの……」

恥じらいをかなぐり捨て、そう口にするのは、よほどの発情が麻里奈を動かしているに違いない。

求める美人秘書に誘惑されて、ついに和哉は、乳首を口腔に捉えた。

ぢゅちゅちゅっ、ちゅっぱちゅっぱと、しこりを帯びた乳首を心地よく口腔に踊らせる。大きな掌で下乳から絞り上げ、夢中で魅惑の乳首を吸い上げた。

「んふん、んんっ……くふぅ……ダメぇ、強く吸いすぎ……乳首が大きくなっちゃう……あはんっ……硬くいやらしい乳首……っく……こ、こんなになったことなかった」

麻里奈の瞳がとろんと潤み溶けている。怜悧《れいり》であったはずの美貌が悦楽に蕩けると、これほど官能的になることに驚きと感動を覚えた。

「いやん。麻里奈はこんなに淫らなのね……。不感症どころか、おっぱい、こんなに感じるなんて……。おっぱいが張り詰めて、あさましいくらい乳首も勃ってるわ」

自らの乳首を濡れた瞳で見つめながら、なおも麻里奈は派手に感じまくる。己《おの》が淫らさを自覚すればするほど、恥じらいと昂奮が煽られ、エロ反応が増してしまうのだ。

もはや、その発情ぶりを止められずにいるらしい。

桜唇をわななかせ、額に眉根を寄せて身悶える麻里奈。その艶貌に見惚れながら和哉は、さらなる高みに導くべく、ついに大きな律動を開始させた。

「あっ、ダメぇっ。今、動かされたら麻里奈……あっ、ああ、イッてしまう！」

正直、和哉も忍耐の限界を越えている。美しい麻里奈が、ここまで扇情的に感じまくっている姿を見せつけるのだから、それも無理からぬこと。

「あん、いいわ。ねえ、いいの……とってもしあわせよ……。男の人に抱かれることが、こんなにしあわせだなんて……っ！　ひうっ、あっ、あぁぁ……」

甲高く啼く麻里奈の膣肉に、亀頭エラを擦りつけるように腰を捏《こ》ねた。

甘い媚肉がすっくとばかりに肉幹にすがりつく。むぎゅりと肉襞に締めつけられたまらない愉悦が全身を駆け巡った。

奥深い美人秘書の肉筒は、その柔軟さもあって長大な和哉の逸物を全て呑み込んでくれる。上反りの付け根、裏筋の玉袋との際《きわ》まで呑み込ませる気色よさは、ぞぞっと痺れんばかりの快感電流となり、背筋に鳥肌を立たせる。

（俺が、この俺が、麻里奈を味わったことのない悦びに導いたんだ！）

その想いが和哉をこの上なく昂らせている。対する麻里奈も、ぬかるんだ膣襞で精一杯肉棒を締めつけてくれる。

焦点を合わせない眼差しは、それでも精いっぱいに和哉を見つめてくれている。込み上げる愛しさは、狂おしいほど。惚れっぽい和哉ではあるが、愛情の深さは誰にも負けない。その激情に任せ、ついに和哉は雄々しく分身を律動させた。

「あうん、凄いぃっ！　ああ、イクっ！　麻里奈、イクっ！　あああぁぁぁっ‼」

びくびくんと派手にイキまくる美人秘書。首に浮かんだ美しい筋や、ひくつく筋肉、息みまくり紅潮した美貌は、演技ではあり得ない。

イキ涙にすすり啼く麻里奈の乳房を、片手で鷲掴み、その乳首を再び口腔に運ぶ。乳丘を揉み潰し、むにゅりとひり出された乳首をぶちゅちゅっと舐めしゃぶる。コリコリにしこらせた甘い乳首の感触に、和哉は悦び勇んで牡茎を打ち付ける。

「麻里奈、俺もイクよ！　麻里奈と一緒にイキたいんだっ！　ああ、麻里奈ぁっ！」

牡汁《だ》を搾り取ろうとする名器に、ついに射精衝動が鎌首《かまくび》をもたげた。

射精することしか頭になくなった和哉は、ひたすら直線的な抜き挿しを繰り返す。

「あんっ、あっ、あぁっ……んふぅ、ひあぁ、は、激しいっ……早く来てぇっ……じゃないと、麻里奈、またすぐにイッてしまいそうっ！」

ぐぐっと蜂腰が持ち上がり抽送にシンクロする。どこかぎこちなさの残る練り腰ながら、ボルテージの上がった和哉には十分すぎる官能。乳房を上下させ、ロングヘアをおどろに振り、美貌を歪《ゆが》めた扇情的な姿が、ビジュアルでも若牡を刺激する。

「麻里奈っ、大好きだよ。愛してるぅ～～っ！」

愛していると告げた途端、胸を熱くする。それが射精の引き金となった。

「あ、ああああん……和哉ぁ、好きよ。好きなの……あっはぁ、麻里奈に射精《だ》してえっ！」

牡胤《おすだね》を搾り取るように、またも美人秘書の膣肉がむぎゅりと締め付けてくる。

「うおおおぉっ、ぐふぅぅっ！　……あぁ、射精《で》るうううぅ！」

抽送をピタリと止め、特濃精液を夥しくまき散らした。

「あはああああっ……むふううううっ」

灼熱の精液を子宮に呑まされた麻里奈が、必死に和哉の首筋にむしゃぶりついてくる。食い締めるようであった媚肉が受胎を求めて急速に緩み、バルーン状に膨らんでは精子が子宮口に到達するのを待ち受けている。

「あっ、あうぅん、イッてる……。ねえ、麻里奈、またイッてるの……あはぁ、はぁっ、はあああああぁぁん！」

全身をぶるぶるぶるっと震わせ、連続絶頂から戻ってこない美人秘書。髪のひと房をべったりと頬に張り付け、なおも扇情的なイキ貌を晒している。

「ううっ！　ぐふうっ、麻里奈……最高だったよ」

未練がましく胎内で勃起を跳ね上げながら、和哉は乱れた麻里奈の髪を梳《くしけず》った。

「和哉も素敵だったわ……。感じるって素敵ね……。余計に麻里奈は和哉から離れられなくなったかも……」

その満ち足りた表情に、和哉は心から男の満足を得た。

同時に、目の前の彼女のお陰で、自信を得ることもできた。

正直、癒し課で自分に何ができるかと、ずっと悩んでいたのだ。

「ありがとう。麻里奈。お陰で、癒されたよ」

「あん。癒してもらったのは麻里奈の方。文字通り、身も心も……」

和哉を称えるように、桜唇が近づいてくる。

肉襞の一枚一枚に刻みこまれた絶頂の余韻に浸りながら、感謝と愛情をいっぱいに込められた熱い口づけをくれた。

第三章　艶未亡人社長　川路菜々桜

1

「ぐふううぅ……。最高に気持ちいいよ、麻里奈……。でも、ごめんね。こんな性急なやり方……」

ベッドに全裸で仰向けになっている麻里奈の魅力に、和哉は眩暈を感じるほど。申し訳ないと謝っている割に、もう見境をなくしかけている。

「すう……はあ……あぁ、なんていい薫りなのだろう……。麻里奈の肌《はだ》はいつも甘い香りがするっ！」

特に、その乳膚から立ち昇る甘い薫香は、立ちどころに男を骨抜きにするフェロモンだ。

　どこか内面は子供っぽくても、その肉体はすっかり成熟していて、男を誑《たぶら》かす牝臭をムンムンと放っている。

「あっ、んんっ、そんなに謝らないで……。して欲しいのは麻里奈も一緒なの……。それよりも、あぁ、ダメ、イキそうなおま×こ掻きまわされたら麻里奈……んんっ！」

　挿入してまだ間もないのに、早くも美人秘書の媚肉は性悦に蕩け、麻里奈の意に反し、艶やかに剛直を絡め取る。

　和哉が力任せに高々とお尻を掲《かか》げさせ、屈曲位に組み敷いているから、結合部がはっきりと丸見えになっている。

「おおっ！　容易《たやす》く咥えているようでも、入り口がパツパツに拡がっているよ！」

　昂りの声をあげながら和哉はその手指を伸ばし、麻里奈の肉のあわい目でそっと息吹く可憐な突起を捉えた。

「えっ？　あっ、ダメよッ。いま、そんなところを触っちゃダメぇ……っ！」

　暫《しばら》くお預けを食わされた交わりであるせいか、麻里奈は勃起を挿入されてすぐに初期絶頂しかけている。そんな状態で、泣き所である肉芽を責められてはたまらないと思ったのだろう。美人秘書はさすがに腰を揺すり、その手を逃れようとしたが、和哉はそれを許さない。

癒し課がこの癒しルームを立ち上げて、早くも三カ月近くが過ぎている。

オープン当初こそ和哉を指名するものなどいなかったが、いまでは莉乃と同数、日によってはそれ以上の予約を抱えている。

そのはじまりが麻里奈であった。

麻里奈と結ばれた翌週あたりから、秘書課のおんなの子たちから予約が入りはじめ、次に受付の女子たちに飛び火したかと思うと、気が付けば、あっという間に予約の取れない〝癒シスト〟などと呼ばれ、人気を集めていた。

お陰で、和哉は目の回るようなスケジュールに忙殺されている。

もっとも、それは嬉しい悲鳴でしかない。突如として癒し課に配属され、莉乃のお荷物になりはしないかと危ぶんでさえいたものが、逆に引っ張りだこになっているのだから、ありがたいにもほどがある。

まして、相手をしているのは、美女ぞろいで有名なアギシャンの女子社員なのだ。

彼女たちは、癒されたいと願うと同時に、より美しくもなりたいとの願望を抱いている。それを叶える存在として、和哉が祭り上げられているのだ。

お肌の調子がよくなったとの評判や、和哉にケアしてもらうとしあわせになれるとの噂までが飛び交っているらしく、それが人気に拍車をかけている。

そもそも麻里奈が最初に秘書課で広めた噂が発端らしいが、それに関しては、いくら和哉が問いただしても、そこは秘書らしく、頑として口を割らない。

ただ一つ閉口するのは、仕事をしていると和哉自身が生殺しの状態になることだ。

ほとんど全裸に近い美女たちを相手に、オイルマッサージやエステまがいのことをするのだから、そうならない方がおかしい。

莉乃と麻里奈の二人以外とは、誓って関係を結んではいない。

どこで何を聞き付けてきたのか、自ら和哉の性感マッサージを求める女性も少なくない。〝癒し〟としてそれを求められれば、女性たちを絶頂に導くまでが和哉の任務だから、できる限りのことはしている。けれど、その先の行為には至らないのだ。

その一番の理由は、和哉自身が自重しているからであろう。

あくまでもここは、会社内に設置された癒しルームであり、そのユーザーも社員限定となっている。つまり、リピーターを増やさないことには、やがて消えてなくなる運命に陥《おちい》りかねないのだ。

では、どうすればリピートしてもらえるかを考えると、もちろん〝癒される〟ことであり、その頭には「リスクなく」との言葉がつかなければならない。

そこに思い至れば、軽々にセックスになど進めない。

女性にとって最大のリスクは、「男」だからだ。

セックスでは女性たちの方が男よりも、よほど大きなリスクを負っている。

そのリスクがないと信頼した上で、気持ちよくしてもらえるからこそリピート率も上がるのだ。

だからこそ、和哉は自重の上に自重を重ね、女性たちに癒しを提供している。

とは言うものの、和哉とて生身の男であり、自他ともに認めるおんな好きであるのだから忍耐にも限界がある。

それを救ってくれているのが、莉乃であり麻里奈だった。

「和哉くんの癒しは、莉乃が担当してあげる」と、甘やかしてくれる上に、麻里奈も足しげく通っては、「麻里奈にはリハビリが必要でしょう？　責任もって和哉が担当してね」と、その身を任せてくれている。

特に、麻里奈は、すぐに予約が埋まってしまう和哉に焦れ、昼の休憩時間に、お弁当持参でやってくるようになっている。

そんなとき莉乃は、気を利かせてくれて、「社員食堂に行く」と消えてしまう。

二人きりで、麻里奈の手作りの弁当を堪能したあとは、どちらからともなくお互いを求めあうのが日課となった。

もっとも、昼休みの時間は限られているから、どうしても獣のように即物的な交わりとなるのもやむを得ない。

「麻里奈、じっとして。せめて、ちゃんとイカせてあげたいんだ……！」

甘く言い聞かせながら器用な指先でルビー色に尖った肉芽をちょんと突くと、包皮から牝芯が顔を覗かせた。

「あうっ！　あっ、ああああああぁ〜〜っ！」

性神経の塊の小さな器官は、やさしく嬲《なぶ》ってやるだけで、それに見合わぬほど強烈な肉悦を湧き起こす。すっかり和哉の愛撫に馴染んだ女体は、まるで操り人形のように半狂乱に躍った。

押し寄せる喜悦の大波に身を揉まれながら、華奢な手が虚空にもがく。糸が絡まった操り人形は、闇雲に何度か空を切ったあと、和哉の首筋にひしとしがみついた。

「ダメぇっ。あぁダメなの麻里奈っ。そ、そんな敏感な部分、触られたら……はううっ……イッ、イクぅ……ああっ、麻里奈、イクぅ〜〜っ」

涙をこぼし、全身が鴇《とき》色に染まるほど息む美姫。媚麗な女体のあちこちを硬直させ、苦しげにイキ極めている。

引きつれるように頭を突っぱり、細《ほ》っそりと尖った頤を天に晒し、発達した双臀を宙に浮かせたまま均整の取れた女体が艶めかしく痙攣するのだ。

「ああ、麻里奈、本当にイッているのだね……。こんなに全身を息ませて、淫らなアクメ貌……。なのに麻里奈、すごくきれいだ……」

またも姫を絶頂へと導いた。その美しいイキ貌を拝むことができた。その達成感の一方で、凄まじい渇望が和哉の下腹部を苛んでいる。

もどかしく疼く掻痒感《そうようかん》にも似た欲求に、たまらず和哉は腰を使いはじめた。

ぶぢゅ、くちゅ、ぢゅりゅるっと、うねくるぬかるみに抜き挿しすると、またしても美人秘書が妖しく身悶える。

「あん、あん、あはぁ……麻里奈、本当にいやらしい。こんなに乱れて……。おま×こ、切ないのに、それでも和哉に嵌《は》められていたいって、わなないている……」

ずぶんずぶんと力強く腰を振る和哉に合わせるように、婀娜っぽい細腰をクナクナと揺らしはじめる。身も心も全て蕩かせた麻里奈は、紛《まぎ》れもなく和哉のおんなだ。

「好きだよ。麻里奈。嘘じゃない、大好きなんだ！　もう俺は麻里奈の虜だよ！」

寸分もウソのない本心。ピュアな愛情。何もかも忘れ、ただひたすら麻里奈のことが愛おしくてならない。肉体の結び付きを魂のものへと昇華しようと和哉は本能のままにピストンを繰り出していく。

「あはぁ……ず、ずるい……。そんなに麻里奈を悦ばせていいの？　和哉は、莉乃さんのこと大切に想っているのでしょう……？」

和哉と莉乃が男女の関係にあると、麻里奈はとうに知っている。知った上で、麻里奈は和哉に身を任せてくれているのだ。

「そうだよね。莉乃さんのことを思っていながら、麻里奈のことも好きだなんて。調子よすぎるよね。でも、好きなんだ。麻里奈のことが好きで、好きで、ものすごく愛おしくて……」

言っている側から愛情が込み上げ、その想いをぶつけるように肉塊を抜き挿しする。

「あん、うぅん、んふぅ、あっ、あぁ……。信じるわ。和哉を信じる。それに、調子いいなんて思わない……あはぁ……。人を好きになるのは理屈じゃないから……」

熱い想いを込めた愚直な腰つき。欲情に燃えたぎる分身で、溢れる激情に任せて突きまくるのだから麻里奈がほだされるのも無理からぬこと。

和哉の愛を感じながら、そのくびれ腰は悦楽にのたうつばかり。肉柱の抜き挿しにあわせ淫らな腰つきを繰り返している。

「本当だよ。これからもずっと麻里奈を犯しまくるからね……！」

「うれしい！　和哉が望むなら……あっ、あぁ……麻里奈はいつでも……あん……好きなだけ……あっ、あぁん……っ！」

切ないまでの想いに和哉は口唇を差し出した。超絶美姫がうっとりと応じてくれる。唇と唇を触れ合わせ、互いに手を背中に回し、男性器と女性器をみっしりと結びつける。これ以上ないというほど二人はひとつになった。

「んんっ。ふむん、はふぅ……あふ、あぁ……っ！」

短い息継ぎの後、再び唇を重ねながら和哉は唾液を流し込む。自分のおんなだと判らせるように麻里奈に与え呑ませた。

和哉の激情が唾液を通して女体のなかを流れ、甘い波を引き起こし、またしても美人秘書を絶頂へと突き上げる。

「ひぐッ……イッちゃう！」

肉交の衝撃でキスする唇がずれた。途端に桜唇が、これまで以上に凄艶な牝泣きを奏でる。

「もっと啼いて麻里奈っ！」

「はいっ、麻里奈、イクっ、あはぁ、イクぅぅ～～んっ！」

矜持《きょうじ》と歓びを満たされ和哉は、タガが外れたように猛然と腰を繰り出した。

「あん、あん、ああぁっ！　またイクっ。もう麻里奈にはイクの止められない！　はしたなくて、ごめんね。和哉のおち×ちんで、何度でもイッちゃうぅ〜〜っ！」

美しい姫から望まれるばかりでなく、本能の赴くままに和哉は股座をぶつけていく。雄々しい抽送《ちゆうそう》を発情の坩堝《るつぼ》と化した女陰に、ずぶずぶと抜き挿しさせる。

「もうダメだ。もう射精《イ》きそう！　ぐわあぁっ、麻里奈ぁ〜〜っ！」

ヌルヌルした蜜襞にしつこく何度も擦過《さつか》させたお陰で、ついに亀頭が強い痺れを発した。とりわけ強い快感が閃くのは、肉傘の縁《ふち》を襞肉に、マッチでも擦るように擦り合わせる瞬間だ。火を噴くような電撃が、カリ首から脳天へと突き抜けた。

「ぐふぅ、射精《イ》くよ！　麻里奈のま×こに、射精《イ》くぅ〜っ！」

牡の支配欲を剝き出しにした和哉は、愛しいその名を繰り返し呼びながら胤汁を噴出させた。

牡獣の子種を孕む本能的な悦びに、膣肉がきつく締めつけてくる。まるで逸物にすがりつくかのように肉襞をひしと絡め、白濁液を搾り取られる。

「ぐふううっ。搾られる。麻里奈のま×こに、ち×ぽが搾られる……あぁ、もっと搾って……俺の精子を全て搾り取って！」

種付けの悦びに震えながら和哉は、美人秘書に懇願する。その求めに従うよりも早く、受胎本能に捉われた若牝が肉幹を蠱惑と官能のままになおも締め付けてくる。

繰り返す射精発作のたび、多量に放出した濃厚な濁液は、粘っこく子宮を溺れさせる。

「あはぁ、おま×こが溢れてしまう……。和哉の精子で子宮がいっぱい……。あぁっ、熱いのでもイキそう。麻里奈、精子でイグぅ〜〜っ！」

あり得ないまでに子胤を注ぎ込まれた媚女が、身も世もなくふしだらにイキまくる。それでも和哉が肉塊を退かせようとしないから、麻里奈は切なげに息を詰め、その美貌を真っ赤にさせている。

愛蜜と入り混じった牡汁が白い泡と化し、蜜口からぶびりと下品な音をさせて噴きだした。

濃厚過ぎる情交にロングヘアは乱れ、容《かたち》のよい乳房が激しく上下している。

癒しルームの中には、牡牝の淫らな匂いが充満している。

ふしだらな交尾を再開させたいのはやまやまだが、さすがに時間が許さない。

未練たっぷりに麻里奈の唇を掠めてから、ようやく和哉は抱きすくめていた女体を解放した——。

2

充実した毎日に、誰よりも和哉が満足をしている。

下手くそな和哉のエステなど、よく受けたがるものだと思いつつも、美しい女性たちと会話したり、マッサージを施したりするのは愉しくてならない。

愉しいからこそ、エステも少しでも上手くなろうと、日々精進を続けている。

（今日も莉乃さんに、エステの練習相手をしてもらおう……）

就業時間外であれば、莉乃は何も言わず、セックスにも応じてくれる。その口実に、エステの練習台になってもらうのだ。

技術の研鑽《けんさん》と実益を兼ねて、人妻上司の麗しい女体を好きにさせてもらえるのだから、こんな贅沢もない。

出勤早々、そんなことを期待しながら自分の席に着きパソコンを立ち上げる。

肝心の莉乃は、今は席を外している。

癒し課のオフィスは癒しルームに隣接されているが、莉乃の話だと、この秋にはここも癒しルームに改装するらしい。

好評を博しすぎて、ほとんど予約が取れない状況が続いていることから、それを解消するために癒しルームを増設し、スタッフも増員する予定なのだ。

最近の莉乃は、その増員となる人材をどうするかに、もっぱら頭を痛めている。

「えーと、本日も確認するまでもなく予約は満杯でしたねっと……。あれ？」

朝一番にパソコンで、その日の予定を確認するのが日課となっている和哉。けれど今日は、前から入れてあった幾人分もの予定が全てキャンセルされて、丸一日が別の予約で押さえられているのに気がついた。

「今まで一度もこんなことなかったぞ……。これじゃあ、昨日のうちに用意しておいたことが全部台無しだ……」

自分でも気づかなかったが、どうやら和哉は職人気質であったらしい。

前夜に、予約者のデータを読み直しては、会話の準備やマッサージの流れを予習することにしている。

個人的に付けているカルテのようなものまであり、どこがツボで、どこに弱点があるのかを事細かく記している。性感帯まで書いてあるから、決して他人には見せられない。前夜に、それを読み直しては、頭に叩き込んでおくのが、いわば和哉のルーチンワークのようなものとなっている。

予約が全て別のものとなったということは、その作業が全てムダになったのだ。予約管理は、総務のシステム管理課に委託しているため、和哉としては何も言えないが、当日になって変更するなんて、との思いは当然ある。

しかも、書き換えられた予約は異例なもので、予約人数は一人なのだ。

つまり、一人の相談者が和哉を丸一日押さえる予約なのだった。その上、予約の相手が誰であるのか、全くデータが送られてきていない。

とは言え、その予約の時間がもう間もなくである以上、システム管理課に問い合わせする暇もない。

「しょうがないなあ。一応、エステとオイルマッサージの準備をしておくか……」

どちらをリクエストされても慌てないように準備をはじめる。

昨夜のうちに莉乃が調合し、ストックしてあるオイルを、ボトルに移し直し、オイルウォーマーで温めはじめる。

「にしても、どんな人が現れるのか……」

朝から一日中の予約など受けたことがないだけに、和哉の持つ技術のフルコースを駆使することになるかもしれない。

恐らくは、何時に予定を合わせられるかが判らないため、一日中押さえてしまったというのが真相だろうが、だとするとそれができる人間など限られている。

「まさか、役員クラスとか……」

真っ先に、頭に浮かんだのが社長である川路菜々桜だった。

「いや、いや、いや。ない、ない。社長なら真っ先に莉乃さんを指名するよ」

癒し課を発案したのは、川路菜々桜と莉乃であると聞いている。

なればこそ、もし菜々桜自身が利用するならば、自らここを任せた莉乃を指名するはずだ。

「そうだよ。絶対に社長じゃない……。でも、ちょっと社長のお肌になら触れてみたいかも……」

転属初日に一度だけ面談した未亡人社長の横顔が脳裏に浮かんだ。

美人度の高いアギシャンにあって、実は、社長の菜々桜は三美人のひとりに数えられている。

男性社員の誰かが、その人気や美人度を数値化して、密かにランク付けしたものが、社内に出回ったことがあるのだ。

数少ない男性社員から犯人捜しするのは容易だったが、菜々桜から犯人捜しはしないようお達しがあって、その件は不問にされていたが、一説では、菜々桜のランクが高かったために恩赦されたとみる向きもある。実際には判らない。

いずれにしても、並み居る美女たちを差し置いて、菜々桜がトップスリーに入っていることには、和哉にも異存がない。それほど菜々桜は美しい。

だからこそ、その秘密に触れたいような、実際に手で触れて確かめてみたいような気がするのだ。

けれど、まさか社長である菜々桜が、男性社員の前で素肌を晒すことなどあり得ない。

そんな妄想にも近い想いを抱く自分に呆れながらも、心臓がドキドキしはじめるのを禁じ得ない和哉だった。

3

結局、午前が終わっても、誰も姿を現さず、もしかしてとシステムエラーを疑いはじめた矢先だった。
チン——っと、入り口で呼び鈴が鳴らされた音に、和哉は「はい」と返事して控えのスペースから入り口に向かった。

「ようこそ、い……あっ、わわわわぁっ！」

挨拶も続かないほど驚いたのは、そこにまさかと思っていた人物がいたからだ。

下着メーカーとしてほぼ無名に近かったアギシャンをここまでにした立役者。代表取締役の川路菜々桜その人だ。

まるで女神が降臨したかの如く、あたりが華《はな》やかに色づき、そして明るくなるのは、彼女が放つ美女オーラの眩しさゆえか。

中肉中背と決して大きくないカラダが、その圧倒的な存在感ゆえに、あり得ないくらい大きく見える。

超多忙スケジュールをバリバリとこなしているわりに、どこまでも優雅で、和哉などは実際に言葉を交わしていてもこの世の人物ではないようにすら感じていた。

「あ、あの……。しゃ、社ちょっ……あ、いや……えーと……菜々桜さん。癒しルームへ、ようこそ。お待ちしておりました」

頭の中が真っ白になりかけるのを懸命につなぎ止め、必死に言葉を紡《つむ》いだ。

和哉は、自らの決め事として、この部屋の中では、必ず相手を下の名で呼ぶことにしている。

せっかく癒されに来ているのに、役職などで呼ばれては、たちまちぶち壊しになる。

立場や役職など忘れ、少しでもリラックスしてもらうための和哉なりの配慮だ。

それ故に、菜々桜のことも名前で呼んだ。

自社の代表を下の名で呼ぶのは、かなり勇気が必要だったが、咄嗟《とっさ》であったがゆえに何とか言いおおせた。同時に、名前で呼ぶことができると、あとは心の動揺も薄れいつものフレーズがすんなりと続いた。

「どうぞ。こちらへ……」

招き入れる和哉に、菜々桜は鷹揚《おうよう》に頷き返し、優美に歩き出す。

背筋のピンと伸びた足取りは、まさしく颯爽としていて、まるで雲の上を行くかのよう。こんなに美しいウオーキングは、モデルにもできないかもと思う。

「すっかり遅くなってしまってごめんなさい。待たせたでしょう？」

和哉が両手で示したソファに腰を降ろしながら菜々桜が言った。シルキーな声質が、相変わらず耳に心地いい。

「はい。正直、コンピュータのシステムエラーを疑っていたところです」

午前からの予約が、午後になってしまったのだから見え透いたことを言っても、忖《そん》度《たく》にもならない。和哉は、待たされたことをオブラートに包むこともなくきちんと伝えた。

「うふふ。そう。本当にごめんなさい。急な来訪者があったの。無下《むげ》にもできない相手で……。ごめんね。もう少し、早く来られるつもりだったのに」

「いいえ。自分のようなものと違い、お忙しいのですから仕方がありません」

「あら、君もなかなか忙しいと耳にしているわよ。予約の取れない〝癒しスト〟なんて噂されているそうじゃない」

「恐縮です。まだまだ自分など、勉強しなくちゃならないことばかりで、とてもとても……。正直、菜々桜さんに指名していただけるほどの腕前では……」

さすがに幾分、緊張しているのだろう。言葉使いがいつもと違う上に、ちょっとおかしい。営業マンの頃に戻ったような口調で話している。

「うふふ。なんだか君、少し大人びたわね。紳士って感じで……。それに顔つきも変わっている……。で、早速だけど、その噂の腕前を私にも披露《ひろう》してくれるかしら？」

「喜んで……。と、言いたいところですけど、本当によろしいのでしょうか？　自分のようなものが、菜々桜さんのおカラダに触れても……。莉乃さん……いえ、葛城主任の方がふさわしいと思われますし、腕も確かですよ」

見た目にも判るほどの菜々桜の美肌に触れてみたい願望はある。けれど、それとこれとは別問題で、多忙を極める菜々桜を癒すには、ふさわしい人物というものがあるように思うのだ。

「うーん。でも、今日は君にお願いしたいの。噂になるくらいの腕がどんなものか、体験してみたいし、葛城主任の推薦もあったの。一度、試しにって……。それ以外にも、実はね、秘書課の篠崎さんからも……。うふふ。君、本当に人気があるのね」

その意味深な笑みに、一瞬背筋にヒヤリとしたものを感じた。どこまで菜々桜が莉乃や麻里奈との関係を察知しているのかは知らないが、全てを見透かされているような気がしたのだ。

「そうですか。葛城主任や麻里奈さんが……。二人の推薦があったのなら、その期待に応えなくてはなりませんね……。では、どうしましょう？　菜々桜さん。まずはマッサージで疲れを解しましょうか？」

内心の動揺を懸命に押し殺し、和哉はそう提案した。

「そうしてもらおうかしら……。肩や腰にハリがあって、少し辛いの……。一番の目的は、それを癒してもらうこと」

「承知しました。では、リラックスできる服を用意してありますので、そちらでお着替えを……」

部屋の隅に用意してある着替えのスペースを指さし、菜々桜に着替えを促した。

菜々桜の服装は、モノトーンのレース使いのワンピースに黒っぽいジャケットと、エレガントな装いながら、リラックスするにはいささか不似合いだ。

マッサージで寝そべると皺になる恐れもあるため、着替えを勧めた。

「これに着替えるの？　あまりお洒落とは言えないわね。社内で使うならもう少し、上質な生地の物を使いなさい」

カーテンの向こう側から菜々桜のダメ出しの声。そんなこと俺に言ってもと思いながらも「申し訳ありません。葛城主任に伝えておきます」と素直に謝った。

「ああ、ごめんなさい。君に謝らせてしまったわね……。ところで、これ……。ブラジャーとかは、外した方がいいのかしら？」

ドキリとする菜々桜の言葉、ド級の菜々桜のGカップが脳裏を掠めた。

「あ、なるべくであれば、締め付けはない方が……」

懸命に頭から煩悩《ぼんのう》を追い払おうとするものの、菜々桜がそこでブラジャーを外しているとの想像がそれを妨げる。

「ショーツも……。今度、企画部にエステ用のショーツを提案させようかしら……」

どこにでも抜け目なくビジネスチャンスを探る辺り、やはり彼女はできるおんななのだ。

シャーッとカーテンが開かれると、リラックスウエアに身を包んだ菜々桜が現れた。

彼女が指摘した通り、お世辞にもお洒落とは言い難いウエアながら、彼女のその姿はセクシーそのもの。

テロテロ素材の上下は、温泉施設などの館内着としても、よく見受けられるもので、ゆったりとした作りになっている。

リラクゼーションを目的としているだけに襟《えり》ぐりが広く空いていたり、パンツ丈《たけ》が七分になっていたりと、隙だらけといっていい。それだけに先ほどまでの、一部の隙もないスーツ姿とのギャップが、素《す》の菜々桜を垣間見せるようで、やけにセクシーに映るのだ。

しかも、いまの菜々桜は、ウエーブの掛かった長い黒髪を後頭部でお団子にしているため、うなじが露わとなって艶めかしい雰囲気がより強調されている。

しかも、背後から後光が差していると見紛《みまご》うほどの美女オーラを眩いまでに発散させているのだ。

その凄まじいおんな振りであれば、和哉ならずとも、世の男どもの大半が、目の前がクラクラしてくるのを禁じ得ないはずだ。

菜々桜自身がそのウエアをくさしているから、間違えても「お似合いです」などと言ってはならないはずなのだが、うっかり口を開くとそう漏らしてしまいそうだった。

4

「もしかして緊張している？　私が社長であることは忘れてね。　無礼講ってやつよ。大丈夫、とって食おうとなんてしないから……」

腕の筋肉をほぐしている和哉の施術に、どことなく緊張を感じたのだろう。それを和らげようとの心配りか、そう言って菜々桜は、クスクスと笑っている。

「ありがとうございます。では自分も、菜々桜さんに社長であることを忘れるくらい気持ちよくなれるよう、頑張ります」

「ほらあ、それが堅いって……。和哉くんは、普段、自分は……なんて言わないのでしょう？　普段通りでいいのよ……」

緊張するなと言われても、とても無理な相談だ。けれど、それは自分の会社の社長だからというわけではない。

社長の肩もみなど、おべっか使いの輩であれば、さほど緊張もせずにいくらでもするだろう。そんな連中に後れを取る和哉ではない。曲がりなりにも癒し課員としてプロの仕事をする自信もある。

にもかかわらず和哉が緊張を隠せずにいるのは、念願であった美肌に触れているからだ。

カリスマ社長としてのオーラも抜群ながら、美魔女と噂されるだけあり、とてもアラフィフになど見えない。その肌の色艶といいハリといい三十代前半、下手をするとアラサーの莉乃とさほど変わりないように思える。

マッサージであるだけに、直接その肌に触れる機会は少ないが、首筋に手指を運んだ時の、そのもっちりとした感触とすべすべ感に、背筋に電流が走ったほどだ。

（どういうお手入れをすれば、こんな美肌になれるのか、こっちが教えて欲しいくらいだ……）

より高いレベルのエステ技術を身に付けようと、和哉も日々研究を続けている。それなりに肌のお手入れの知識も仕入れたつもりながら、どこをどうすれば菜々桜のような肌になれるのかは謎でしかない。

元々がもち肌なのか、しっとりと保湿されていて、しかもその透明度の高さたるや皮膚の上に薄いベールの膜が一枚コーティングされていると思われるほど。

ここに来て半年、毎日幾人もの女性の肉体に触れてきたが、この肌以上に極上の肌を和哉は知らない。

ベッドにうつ伏せになったまま、クスクス笑っている菜々桜の腕から肩をやさしくほぐした後、足先から太ももへと移り、やがて背中や腰にも施術していく。

その若々しいにもほどがある肌に比べ、肩や腰のハリはこれではさぞや辛かろうと思えるほどにひどいもの。相当に疲れがたまり、肉体にひずみが生じている。

「力加減は如何《いかが》ですか？　強すぎたら言ってくださいね」

「大丈夫よ。丁度いい力加減。とっても気持ちがいいのね……。眠くなりそう」

「忙しくて睡眠不足なのでしょう？　でも、なるべく眠らずにいてくださいね、その方が効果的なのです」

夫と死に別れ会社を継いで、おんなの細腕で会社をここまで支えてきたのだ。日々のプレッシャーやストレスは想像を絶する。

どこまでのことができるか判らないが、和哉は誠心誠意、額に汗しながら菜々桜の疲れをほぐしていく。

（それにしても、このカラダのやわらかさ、どうかしているかも……）

コリがほぐれ本来のやわらかさを取り戻していくと、菜々桜のカラダのどこもかしこもがふわふわとマシュマロのようになっていくのだ。

さぞや彼女は、抱き心地がいいであろうと思わせる肉感だった。

「ああ、お陰でカラダが軽くなったわ……。大げさじゃなく、生まれ変わったみたいに感じるほどよ」

すっかりハリが解消されると、心なしか菜々桜の顔色がよくなっている。

やはり、血流に滞りがあったらしい。

「せっかくだから、全身エステもお願いしていいかしら……」

先ほどと同じ、自分でいいのかとの疑問が生じたが今度は口にしなかった。

もちろん、和哉に異存などなく、時間もたっぷりある。

「では、少しだけこのままお待ちください。オイルの用意をしますので……」

菜々桜の求めに応えるべく、アロマオイルを温め直す。

驚いたことに、菜々桜は和哉が席を外した僅かの間に、身に着けていたリラックスウエアを脱ぎ捨てていて、ベッドにうつ伏せになっている。

その姿に和哉は、菜々桜が北欧からの帰国子女であることを思いだした。

太陽が貴重な北欧では、トップレスで日光浴するなど日常茶判事であり、大胆に素肌を晒すことは、それほど恥ずかしいことではないと聞く。

そんな向こうの習慣が、身に付いているのであろう。

進んで下着のモデルにもなれるのも、「裸の何が恥ずかしいの？」といった感覚があるからなのかもしれない。

「お待たせして、すみません。事前に用意しておけばよかったですね」

内心の動揺をひた隠しに和哉は謝った。

もちろん、その動揺の原因は、菜々桜がすでに全裸であることだ。

その背中にも、うっすらと熟脂肪を載せ、豊満な印象はぬぐえないものの、だからといって太っているわけではない。はっきりと言えば、男好きのする肉感的なカラダなのだ。その証拠とばかりに、ウエストは悩ましい曲線で括れている。

わずかにカラダの線が崩れかかっているものの、メリハリの利いた悩殺ボディなのだ。

しかも、その女体を覆っている肌の白さと透明度は、淡い初雪がスッと溶けていく寸前の如くで、儚くも美しい。

（うわあああ、すっごく悩ましい……。ダイナマイトボディってこういうカラダを言うのだろうなあ……。ああ、あのお尻に震い付きたい……！）

左右に張り出したフェンダーの如き大きな臀部の見事なこと。横から見れば洋ナシ形、真正面から見ると逆ハート形の尻朶が、安産型に大きくせり出しているのだ。

優美に流れる美脚もまた見事。太ももにも熟れ肉を載せ、ムッチリと挑発しながら、鮎のはらのようなふくらはぎへと続いていく。

腰位置が高く、その分、脚はすらりと長い印象だ。

しかも、菜々美はパンツすら脱ぎ捨てている。美脚を閉じているから女淫までは覗けないものの、いずれそこを拝むことも可能になるかもしれない。

目も眩むほどの媚ボディに、思わず和哉は生唾をごくりと呑んだ。

まずいと思っても、下腹部に血液が集まるのを禁じ得ない。

（わわわわわっ、お、おっぱいが、社長のおっぱいが……！）

その見事な後ろ姿に、すっかり目を奪われていた和哉だが、ふと菜々桜の側面からひり出されている物体に気が付いた。

うつ伏せになった状態で、自重に潰された超ド級の乳房が、脇からはみ出すようにひり出されているのだ。

例えるなら、かぶりついたどら焼きの端からあんこがはみ出すかのよう。

普段は、ブラジャーに押し込められて光を浴びることすら皆無に等しいであろう乳房。しかも、他の肌と同様に、透明度が高いがために、皮下の静脈が浮き出て青白いまでに神秘的に色づいている。

「ねえ。どうしたの……。もしかして、見とれてくれているのかしら？」

おどけた口調は、冗談めかしたものながら、あまりに和哉が何もせずにいるから、不審に思ったのかもしれない。

首だけを振り向かせた菜々桜と和哉の熱い視線が中空で絡まった。

「み、見とれてしまいました。あまりに美しいお背中だったもので、つい」

素直に白状する和哉に、菜々桜が艶冶《えんや》に微笑んだ。

「うふふ。お世辞でもそう言ってもらえるとうれしいものね。二十も年が離れているのにね……」

シルキーな声質には、仄《ほの》かに恥じらいが載せられている。その美貌も、心持ち赤く染まった気がする。

「えーっ！　菜々桜さんって、四十六歳なのですか？　ウソだ！　絶対に三十代、いや二十代後半でも通りますよ！」

思いがけず菜々桜の年齢を知り、さすがに和哉は驚いた。

自社の社長といえどもレディである以上、実年齢は非公表であったが、確かに、どこかで菜々桜が四十代であるとは聞いた気がする。

けれど、どこからどう見ても三十代前半がいいところで、まさか自分の母親に近い年齢とは考えてもみなかった。

「あら。本当に君は、お上手ね。そんなに私をうれしくさせても何も出ないわよ」

コロコロと笑う菜々桜。うつ伏せた女体を持ち上げて、こちらを見ているから、その胸元が危うい辺りまで露わとなっている。

さすがに重力に負け、垂れ気味なのは否めないが、それでもしっかりバストアップされていて、美しいティアドロップ型をなしている。

「お世辞ではありません。そもそも、俺、お世辞が言えるタイプでもないし……」

本気で菜々桜を若く美しいと思っていると伝えたくて、ムキになったせいで地金が出た。お陰で、言葉もすらすらと出る。

「菜々桜さんは、ものすごく魅力的です。俺みたいな牡を十分惹《ひ》きつけるほど！」

菜々桜をいかに若々しいと見ているかを伝えるために、自らの性愛の対象となるくらいと表現してしまったが、言葉足らずも甚だしい。

失礼にもほどがあるし、癒し課の社員としてもどうかと思う。そもそも、最大限好意的に受け取っても、セクハラと捉えられるのは免《まぬが》れないセリフだろう。

けれど、和哉は迸《ほとばし》る想いを伝えずにはいられなかった。言葉を選ぶ余裕もないほどに。掛け値なくその言葉通り、菜々桜が魅力的であるからだ。

5

（まずい！　やばい！　言っちゃった！　社長をセックスの対象と見ていると、言っちゃったんだ……。どうしよう……！）

勢い余って言ってしまったものの、二度とそのセリフは口には戻らない。

叱られるであろうことを覚悟して、和哉は首をすくめた。

けれど、返ってきた言葉は、あまりにも和哉が予想したものとは異なっていた。

「宮越和哉くん。どうして君が、癒しストと噂されるのか判った気がするわ……」

「へっ……？」

「君は、女性を癒す天才なのね。それも天然なのだから罪作りよ。私、こんなにドキドキさせられたの、久しぶりよ……」

菜々桜が何のことを言っているのか和哉にはさっぱりわからない。ひとつだけ判ったのは、どうやら彼女は怒っていないということだけ。

「うふふ。そんなキョトンとした顔をして……。君は私に淫らな想いを抱いているのでしょう？」

全くきつい口調ではなくとも改めてそう訊かれると、どう返答するべきか窮する。

「いや、あの……。ですから、それは……。な、菜々桜さんがひどく魅力的だからで……。とても四十代になんて見えないし……。ボディラインに崩れた様子はないし、お尻なんて震い付きたいくらいで……。太ももその……」

適当なことを言ってごまかさず、正直に思ったことを洗いざらい白状することにした。吉と出るか凶と出るかなど、考えても仕方がない。ならば、なるようになるさを信条とする自分らしく、出たとこ勝負と決断したのだ。

そう腹を括れば、和哉に怖いものなど何もない。

「お肌の透明度なんてダントツの一番で、俺の方がどういうお手入れをしたらそんな風になれるのか勉強させて欲しいくらいです。ふっくらとした触り心地にも鳥肌が立つほどで……。それほど素敵な女性にドキドキしない方がおかしいです」

話すうちに自らの想いがさらに高まり、どんどん饒舌になっていく。

「でも、それくらいの思い入れがあった方が、俺の場合、より相手を癒してあげようって気持ちが入るというか……。だから、菜々桜さんにも……」

途中から、自分でも何を言っているのか判らなくなるほど気持ちの勢いに押されている。この想いが、うまく菜々桜に伝わるか判らないが、判って欲しい気持ちが溢れているから、こんなことになっている。

「判ったわ。和哉くん。判ったからストップ。恥ずかしすぎちゃう……。でも、君の気持ちは、受け止めたつもりよ……。その想いを踏まえて、私からひとつ提案があるの……。というよりお願いに近いかな……」

切れ長の眼が色っぽく和哉を見つめている。ただただその眼を美しいと思いながら和哉も見つめ返す。菜々桜の提案が、いかなるものかは判らないが、和哉にできることであれば、どんなことでもするつもりになっている。

「和哉くん。そのお願いとはね、噂の性感マッサージを私にもして欲しいの……。そして、そのマッサージで、もし私をその気にさせられたらセックスも……。もちろん、君がこんなおばさんでもよければだけど……」

いつも自信に満ちて颯爽としている菜々桜が、この時ばかりは恥じらいと不安の表情を浮かべている。

「び、ビックリしました。そんな提案を菜々桜さんにしていただけるなんて……。本当に、ビックリ……。もちろん、俺に異存ありませんが、本当にいいのでしょうか？菜々桜さんに……社長にそんな淫らなことをしても……」

「いいもなにも、仕方ないわ。純粋に、そうして欲しいと思ってしまったのだもの……。

私ね、久しぶりにおんなであることを思い出させてもらえたわ……まさか二十歳も年下の男子にときめいてしまうなんてね」

どうやら、それが菜々桜の提案の理由らしい。

「じゃあ、俺が本気で菜々桜さんに魅力を感じていることを信用してもらえたのですね？　その上で、その……エッチなマッサージを……」

「君が本気だってことは、とうに気づいていたわ。その大きな強張り……そのおち×ちんが証拠よ……。もう！　私だって恥ずかしいのよ……」

指摘されて、ようやく気付いた。菜々桜の女神のような裸身に、ずっと下腹部を膨らませていたことに。

「あっ！　し、失礼しました。め、目立ちますよね、これ……。そっかぁ、気づいていましたか。あははは」

「もう！　笑ってごまかすことじゃないでしょう？　いいから早くしてっ！」

美貌を赤らめて、ぷっと頬を膨らませる菜々桜。この人はこんなカワイイ貌もできるのだと、和哉は心躍らせた。

元来、菜々桜は、可愛らしい雰囲気を残したまま歳を重ねているように、和哉には映る。やや下膨れ気味のやわらかな面差《おもざ》しが、そう感じさせるのだろう。

「では、早速……。えーと。まずは問診です。菜々桜さんが一番、カラダの中で気になっている部分ってありますか？」

ニヘラッと、鼻の下を伸ばしそうになるのを堪え、大真面目な顔をつくり和哉は訊いた。

「それは、えーと……。バストとお腹周りかな……。バストは、少し垂れ気味というか……。お腹の周りは、余計なお肉がついてきたみたいで……」

言い難そうにしながらも、菜々桜はきちんと答えてくれる。

ならばとばかりに和哉は、核心をついた。

「では、菜々桜さんの感じやすい場所ってどこです？」

「あん。私からそれを訊き出して、そこを責めるつもりなのね。ちょっとフェアじゃない気もするけれど……。うーん。やっぱり、バストかしら……。耳とかも弱い方だけど……」

「かしこまりました。では、仰向けになっていただけますか？」

極力、何気なく言ったつもり。むろん、和哉の期待は否が応にも上がっている。

社長である菜々桜の乳房を拝める日が来るなど、想像だにしていなかった。

「もう！　本当に君はエッチね。その眼がいやらしい。トップレスなんて、向こうでは当たり前で、意識したことなかったのに……。君のその眼が意識されて……」

繰り言のように言い募りながらも、菜々桜はゆっくりと女体を起こし、仰向けに女体を入れ替える。けれど、相当に意識されるのだろう。片腕を胸元に回し、掌と腕で双のバストトップを隠している。

しかし、仰向けになった菜々桜が露出させたのは、その乳房ばかりではない。左右に大きく張り出した婀娜っぽい腰つきが真正面を向くと、当然、ふっくらとした恥丘を覆う漆黒の繊毛が露わになっている。

さらに、その下には、もっちりとしたマン肉が覗ける。楚々とした淫裂は、ふしだらに熱を放ち、トロトロに蕩けている。

和哉の視線を感じた下腹部が、ぶるぶるっと震えた。慌てたように、もう一方の菜々桜の掌が下腹部を隠す。やはり羞恥の想いが、未亡人美熟女の官能を増幅させているのだ。

「菜々桜さん。往生際が悪いですよ。気持ちよくするには、その手をどけてくれなくては……」

「ああん。だって……。わ、判ったわ。いいわ。見たいなら見なさい！」

幾分投げやりな口調ながら、その切れ長の瞳には興奮の色が浮かんでいる。

ゆっくりと、その腕が退いていくのを和哉は目を血走らせて見つめた。

「昔はもっとハリがあったのだけれど、だらしがないでしょう？　私のバスト……」

菜々桜はそう恥じらうものの、ふるんと悩ましい揺れと共に、その全容を現した乳房に、和哉はひどく感動していた。それほどまでに美しい乳房なのだ。

正直、乳房も大きくなりすぎると、幾分バランスを欠いて美しいと感じられないことがある。けれど、菜々桜の乳房は違った。

「ああ。菜々桜さんのおっぱい素敵だっ！　こんなに興奮するおっぱいを眼にするのは、はじめてです……」

その言葉に嘘はない。恐らくは、見られることを生業にしているモデルやアイドル、AV嬢などよりも数千倍も美しいと感じた。

残酷なまでに実らせた完熟乳房は、清廉《せいれん》でありながら蠱惑的《こわくてき》で豊満に過ぎる。

和哉の眼を意識しすぎたか、ムンと牝が匂い立つほどエロく、マッシブにも乳房がそそり立っている。人差し指ほどの円筒形の乳首が、ムリムリッと勃起して上品な乳暈ごと黄金色に発情しているのだ。

自身が漏らすように、さすがに重力と熟れによる下垂れは否めないが、それがかえって扇情的に映る。しかも、ぶるんとマッシブに揺れて整ったドームは、容《かたち》よくお供《そな》え餅《もち》のように安定して、艶めかしく突きだしている。ややもすると攻撃的なだけに、童顔際立つ美貌とは釣り合わない気もするが、そのアンバランスな印象がまたたまらないのだ。

(この豊満さなのに、どうして着やせして見えるのだろう……？)

それが不思議なほど、張り出すボリュームは、ずっしりと重く実り、軽く身じろぎするだけでもユッサ、ユッサと悩殺的に揺れている。

なのに、その流れるようなボディラインは、ふくらみを越えた途端に砂時計さながらに細くくびれ、熟れによる丸みだけは残しながらきゅーっと絞り込まれている。

さらにそこから続く腰つきが、また悩ましい。

婀娜っぽくも急激に左右に貼り出し、安産型の骨盤の広さに、中臀筋も蠱惑的に発達して大迫力のボリューム。引き締まった大臀筋にたっぷりと脂《あぶら》をのせて熟れきっている完熟尻だから、微《かす》かな震えにも、むっちりとした尻肉がプルン、プルンとやわらかそうに揺れまくる。

「本当に、菜々桜さんってエロいカラダつきなのですね。なのに、こんなに美しいなんて奇跡を見るようです……！」

言いながら和哉は、用意したボトルを手に、菜々桜の裸体ににじり寄る。

「では、バストアップも期待できる性感マッサージをはじめますね」

オイルの入ったボトルを傾け、菜々桜の膨らみに惜しげもなくかける。

「失礼します」と和哉が手をあてがった場所は、美しい鎖骨《さこつ》の浮き出たデコルテライン。オイルを広げるように、やさしい手つきで撫でていく。

(ああ、菜々桜さん、なんておっぱいしているんだ。ちょっと触れただけでも掌が蕩けそうだ……)

癒し課に配属になったおかげで、いくつもの乳房に触れる機会に恵まれた。けれど、菜々桜のこのふくらみほど男の劣情に訴えかける乳房を和哉は知らない。

「んっ！」

菜々桜の方も、掌をあてがわれた瞬間こそ、ぴくんと女体が蠢いたが、あとは大人しく和哉がするに任せてくれる。

目を瞑《つむ》り、和哉の手の動きに神経を集中させているようだ。

人差し指と中指、さらには薬指の三本の指の腹で、やさしく鎖骨をなぞると、ビクンと反応があった。

見つけた菜々桜の性感帯の一つ目をしっかりと記憶しながら、そのまま手指を左右に分かれさせ、ゆっくり副乳のあたりにあてがう。和哉お得意の温め戦法。

リンパの流れを意識して、その部分をじんわり温めて感度がよくなるのを待つ。

すっかり外は夏めいて、空調がないと汗だくになる季節。けれど、この癒しルームは、ビル空調がある上に、エアコンと暖房が増設され、温度調整がしっかりとなされている。

けれど、裸でいても心地よい室温は、乳房を火照らせるには足りない。むしろ、寒すぎるくらいだからこそ、こうして掌が効く。

「温められると神経は敏感になるから、こうして俺の手のぬくもりを伝えると感じやすくなるのですよ……。さらには、乳腺が活性化されるとバストアップにもなり一石二鳥です」

オイルがまぶされた乳肌は、テラテラと滑り輝きビジュアル的にも、官能味が増している。その艶めかしい美しさをしっかり脳裏に焼き付けながら、言葉でも菜々桜の感度を上げていく。

頃合いを見定めた和哉は、まずは乳腺を刺激する。エステにもあるまじめなマッサージで、乳房の下に手をあてがい、左右の手で交互にすくいあげるように動かす。

みぞおちの高さにある遊離脂肪を、ふくらみの中に引き上げるイメージでマッサージしていく。

決して肌を擦りすぎないようにやさしく持ち上げ、手が乳房や肌から離れることのないよう連続して引き上げる。

「あんっ……んふぅ……ん、んん……」

まじめな施術であるはずなのに、菜々桜の漏らす吐息は悩ましくも熱い。温めた効果が早くも表れているらしい。

「おおおぉっ……！　超なめらかでふかふかのおっぱい……触っている俺の掌が蕩けてしまいそうです！」

むろん和哉の方も掌性感を刺激され、なんとも言えず心地いい。ふるんふるんの遊離脂肪が悩ましくも官能的に手指の中で踊るのだ。

「ああ、菜々桜さんのおっぱいに俺、夢中です……。触れているだけで悦びを感じるなんて……。こんなに美しくて官能的なおっぱいがあるだなんて……」

感激に咽《むせ》びながら和哉はさらに、人差し指を乳首に触れるか触れないかのあたりにあてがい、親指を除いた四本の指で鎖骨付近に向かって上方向へ流していく。指で、乳膚を引き上げるイメージで交互にマッサージするのだ。

バストの垂れを防止する施術であったが、乳首の際《きわ》に人差し指が触れそうになるたび、ビクンと女体が悩ましく揺れる。

「では、おっぱいの感度をさらに上げますよ。感じやすい人は、乳イキすることもあるくらいですから、もしかすると菜々桜さんも……」

「乳イキって、バストだけを責められてイクってこと？」

乳イキという聞き慣れぬ単語に、さすがの菜々桜も訊《たず》ねてくる。

実際には、一番感度の高い乳首を攻略するのだが、そこに至るまでに副乳や乳房の下部、側面や腋下などをじっくりとあやし、焦らしに焦らしてようやく乳首にも愛撫を施すやり方だ。

この方法で乳房から全身に迸る絶頂の快楽は、言葉にできないほどであるらしく、和哉によって既に乳イキを経験させられた莉乃も麻里奈も、一様に「今までにない快感を知った」と言っている。

「そう。おっぱいが切ないほど敏感になってイクのです。一度乳イキを覚えると病みつきになるそうですよ……」

淫靡な暗示を吹き込みながら、探り探りに腋の下と横乳の境目のあたりをやさしくなぞりはじめる。

腋下のくぼみから横乳までのラインを中心に、腋窩《えきか》リンパ節のあたりまでをねっとりと掌で覆うようにしてなぞっていく。はじめは焦らすように、徐々に刺激を強くして、しつこいくらい念入りにあやすのだ。

「あっ、な、なに……？　くすぐったいような気持ちがいいような……」

はじめこそくすぐったく感じるものの、むしろ、そのくすぐったさを丹念に開発してやれば、やがてはたまらない性感となって湧き上がる。

「おおっ！　菜々桜さんのおっぱいがほんのり赤く……。透明な肌が桜色に染まると物凄く綺麗なのですね！」

興奮のあまり、頭で思ったことがそのまま口から飛び出す和哉が、ことさらに褒めるので、余計に菜々桜の感度は上がる。

男女にかかわらず人は、褒めてくれる相手に好意を持つものだ。特に女性の場合、好意を持った相手から愛撫されたり、愛情を感じたりすると、しあわせホルモンであるオキシトシンが分泌され幸福感が高まる。

和哉としては天然に褒めているだけだが、それは言葉でも菜々桜を愛撫する行為であり、幸福感と快感を高める要素にもなっているのだ。

さらには、菜々桜には久しぶりに男性に触られているという歓びと、いやらしいことをされてエッチな気分にもなっているから、ドーパミンによる脳への快楽も生じているはず。

「あぅんっ、あぁ、切なくなっている……。バストが火照ってくるようで……」

バストの外輪は乳房の他の部分より感じやすい部位であり、それなりに経験があるはずの菜々桜は、ここをあやされると感度が上がることを知っているはず。さらには、オキシトシンとドーパミンの作用により菜々桜の脳の中で、快感のループが起きはじめているのだ。

「んふぅ……あぁ、ダメっ……くふぅ……ん、んんっ！　和哉くん、ダメぇっ！」

びくんと女体を震わせたり、軽く腰を浮かせたり、美貌を左右に振ったりと、悩ましい反応を隠せなくなっている。

菜々桜は、どんどんその感度を上げ、ついには背中を仰け反らせるほど悩ましい反応を示している。

「そんなに感じるのですか。じゃあ、もっと感じさせましょうか？」

明らかな手応えに、有頂天になった和哉は、やさしくなぞる愛撫から脇の下から乳房を中央へ寄せるように圧迫するやり方にシフトチェンジした。

より感度の高い乳首を責めるのは、最後の仕上げにとってある。菜々桜自身が触って欲しいともどかしくなるまで、じっくりと焦らしてやるのだ。

代わりに、親指と人差し指を大きく広げ、乳房の側面を、下から圧迫するように揉んでやる。

「んふぅ……ああ、ダメ……おっぱいが敏感になり過ぎて……。んっ、んんっ」

さらには、乳房を上下から双の掌で包み込むようにして腋窩リンパ節を全体的に揉みほぐす。

「あん、やさしいのにどうして……。ダメよ……ああ、おっぱい感じちゃうぅっ」

下乳と横乳の特に敏感なところをフェザータッチとアダムタッチを駆使して、繊細に撫で上げると余程堪らないのか、菜々桜の細腰が切なげに捩れる。

その悩ましい身悶えにごくりと生唾を呑みながら、頭に叩き込んである腋窩リンパの流れを脳裏に浮かべ、人差し指、中指、薬指の三本の指先に、ゆっくりと圧力をかける。

「ああ、綺麗です……。菜々桜さんのおっぱい本当にきれいだ……」

綺麗という月並みな表現では表しきれないほど魅力溢れるふくらみに、和哉は両手で乳肌を撫でまわしていく。

むき玉子のような乳媚肌は、オイルがまぶされている上に、元々の肌のなめらかさと相まって、まさしく掌の中でつるんと滑りまくる。にもかかわらず、しっとりと掌に吸いついてくるから不思議だ。

表面をきゅきゅっと掌で磨けば、ふるんと艶めかしく揺れる。

掌を下乳にあてがい直し、その容《かたち》を潰すようにむにゅりと揉みあげた。

その触り方は、もはや性感マッサージとさえ呼べない。明らかな愛撫だ。

「おふぅ……。あっ、あんっ……んむうっ……ううん……」

深い透明度の乳肌に、ついに和哉は口腔を解禁した。

手指の及ばない滑らかな乳肌に唇を這わせ、舌を伸ばしながら息を吹きかける。

舌を進める先は、やはり側面から下乳にかけての性感帯。丸く円を描き、乳暈に触れるか触れないかの際どいところで戯れる。そんなやさしい愛戯に、菜々桜は細腰をくねらせ身悶えた。

「すごく、すべすべだ。それにおっぱい甘い！」

少し乳臭いような匂いが、仄かな甘みを連想させる。まさしくミルク味そのものだ。

確か菜々桜には、娘が一人いるはずで、この乳房には子供を育《はぐく》んだ経験がある。なればこそ、むぎゅりと絞れば、母乳が零れ出るのではと思われた。

「ああ、菜々桜さんのおっぱい、母乳が出そう。菜々桜さんのお乳が飲みたい！」

「あぁ、ダメぇ……乳首はいやぁ……疼いているの……。あぁ、和哉くん、いま乳首にされたら……あっ、ダメ～っ！」

濃艶な色香を発散させ狼狽する菜々桜に、和哉はついにその誘惑に負け、その唇を乳首へと近づけた。

ぢゅぶぢゅちゅちゅちゅーっと、わざと淫らな水音を立て、しこる乳首を口腔内で踊らせる。大きな掌で下乳から絞り上げ、乳汁が吹き出すことを念じつつ乳首を吸い上げた。

（おおっ、ついに俺、社長の乳首を吸っている！　菜々桜さんのおっぱいを吸っているんだぁあっ！）

高嶺《たかね》の花《はな》の最たるものであるはずの自らの会社の社長の乳房を吸っている。その何とも言えぬ背徳感が、和哉の脳髄を痺れさせる。

「んふぅ、あうんっ……あぁ……ダメよ。そんなに強く吸っちゃぁ……くひっ……ち、乳首が……おうぅっ……硬く、いやらしい乳首に……っ」

「うん。すごく、エロい乳首の尖りかたです……。でも、こんなに美味《おい》しいおっぱい吸うのっ……やめられません！」

思えば、菜々桜が乳首を吸われるのは、いつ以来なのであろう。先代の社長が亡くなり、未亡人として空閨《くうけい》をかこつこと四年近くが過ぎている。和哉の入社年と重なったその訃報以来、菜々桜に浮いた噂の一つも立ったことはない。

つまり、この豊麗《ほうれい》な女体を少なくとも四年以上も眠らせ続けてきたのだろう。眉間に眉根を寄せ、悩ましく身悶えする菜々美。貞淑な未亡人社長が悦楽に蕩ける姿は、凄まじく淫らでありどこまでも美しい。

「あううっ、私淫らね……おっぱいだけで……こんなに感じてしまうなんて……。あん、おっぱいが張り詰めて、恥ずかしすぎるわ……」

自らの乳首をとろんと潤んだ瞳で見つめながら菜々桜は感じまくる。己の淫らさを自覚するほど羞恥と昂奮が入り混じり、エロ反応が増すらしい。

「ほら、おっぱいが血流を上げて、肥大しましたよ……感度の方も上がったのでしょう？　これなら約束通り、乳イキもできそうですね！」

「ううっ、あ、あおぉっ……。もうダメぇ。こんなにおっぱいが切なくなるなんて……はぁあっ……お、おっぱいが破裂しそうよ……っ！」

悩ましく身を捩り、くねりまくる女体。もはや、一時もじっとしていられないのだろう。乳房から湧き上がる甘く鮮烈な愉悦は、下半身にまで及ぶらしく、切なげに内ももを擦りあわせる始末。その官能は、もはやアクメ間近にまで極まり、膨れ上がっているらしい。

「さあ、菜々桜さん。おっぱいでイク姿を見せてください！」

きゅっと堅締まりして皺を寄せる乳輪。和哉の涎とオイルに濡れて黄金色に輝くその直下、浮き立つほどに刺激された乳腺がゆんゆんと揺れている。

「ああああ、もうダメっ！　おっぱい溶けちゃうわっ!!」

身も世もなく悶えまくる未亡人社長は、羞恥も貞淑も全て置き去りにして甘い喜悦を味わっている。

露わにした菜々桜の嬌態に、和哉はさらに興奮を煽られ、その乳首を指の腹に捉え、コロコロとすり潰す。さらには舌先で弄んでは、ちゅうちゅうと吸い付けた。

涎まみれにヌルつきながら屹立した乳首が、女体に直下型地震のような激烈な痙攣を呼び起こす。

「くふぅ。そ、それダメっ。そんなにしごいちゃいやぁ……おっぱいでイクなんて許して……。そんな淫らなこと」

「でも、もうすぐなのでしょう？　もうイクの我慢できないのでしょう？　乳イキで菜々桜さんがどうなるのか見せてください！」

なんともやさしい声で囁くと、菜々桜は我を忘れて身悶えた。

「あぁっ。ダメ。本当に来ちゃう!!　おっぱいでイキそう！」

涎まみれにした乳頭を、人差し指と親指で摘《つ》まんで擦る。残りの三本の指では、パンパンに張りつめた乳膚を搾り取った。さらにもう一方の乳首を歯先に捉え、厚い舌でつんつんと突き弄る。

「あぁっ、イクっ、イッちゃうっ！　菜々桜、イクっ、イクぅうう〜〜〜っ！」

はしたないアクメ嬌声に続き、蠱惑的な女体がベッドの上、ぎゅんと反り返り淫靡なアーチを描く。息みかえった未亡人社長は、汗に濡れた額に縦皺をきゅっと寄せ、紅唇をわななかせている。

「あぁぁぁぁ、ううぅ……っ」

浮かせた背筋が落ちた後も、がくがくと女体のあちこちを痙攣させている。

「ああ、菜々桜さん、本当にイッたのですね……。こんなに全身を息ませて、淫らなアクメ貌……。なのに、すごくきれいです」

熟女未亡人のイキ極める牝貌を見つめ和哉はうっとり囁いた。

なかなか女体のヒクつきの収まらない菜々桜は、ずっとその意識を忘我の境に彷徨《さまよ》わせている。

乳房愛撫だけでアクメに導くことができたうれしさに、和哉もまた法悦の境を歩いている。無性に疼く下腹部だけが、大いに不満を訴えていた。

6

「いかがでしたか。乳イキのご感想は？」

激しい絶頂に未だマッシブな乳房が上下に揺れている。その乳房を弄ぶように揉みながら、甘く和哉は訊いた。

「ええ。とっても……。とても気持ちがよかったわ。こんな感覚久しぶりよ。でも、おっぱいでイクのって、何か物足りない感じがして……。イッているのに、余計に淫らになってしまうの……。ねえ。和哉くん、菜々桜を抱いてくれないの？」

つややかな肢体を投げ出すようにして身を任せている菜々桜が、不安そうに上目づかいでこちらの顔を覗いている。

「菜々桜からおねだりしてしまうなんて、パワハラになってしまうかしら……」

「社長命令とあれば仕方がありません……。なんて冗談です。社長なんて肩書き、ここでは関係ありません。一人の女性として俺に抱かせてください。菜々桜さん。いいですよね」

そんな和哉の求愛に、菜々桜はこくりと頷いてくれた。

「いいわ。ねえ。して……」

色っぽい表情で誘う未亡人に、和哉は着ているものを大急ぎで脱ぎはじめた。

その和哉の様子をうっとりと濡れた瞳で見つめながら、菜々桜は自らの後頭部に手をやり、お団子に結んだ髪を解いていく。

ウエーブのかかった黒髪がふぁさりと落ちて、途端に華やかな色香を漂わせる。

「ちょうだいっ！　菜々桜に、和哉くんのおち×ちんを……」

美貌をシュンシュンと赤く染め、未亡人社長がおねだりしてくれている。

しかも、そうすることが当然とばかりに、力の入らない膝を叱りつけるようにしてノロノロと立ち上がると、もう待てないとばかりに和哉の方に近づいてくる。

菜々桜の凄まじい官能美に呑まれ、ベッドの上に座り込む形で腰をへたり込ませた和哉。その右の太ももの外側に委細《いさい》構わず菜々桜の脚が載せられる。

肉感的な女体にグッとベッドが沈むと、もう一方の脚も和哉の太ももを跨いだ。

「ああ、私、本当に淫らね。二十歳も年下の君に自ら跨っていくなんて……」

和哉の太ももに跨がった菜々桜が、淫蕩な熱い吐息を吹きかけてくる。

甘く危険な香りに、和哉の心臓は早鐘を打った。

太ももに触れる菜々桜の素肌は、ひどく熱く火照っている。

「あぁ、和哉くん……」

斜めに傾《かし》げられた美貌が急接近して、和哉の唇をやわらかな物体が塞いだ。むにゅっと押し付けられた紅唇は、すぐに離れていく。刹那の感触に和哉の欲望が焦れる。すると、それを見透かした熟未亡人は、またすぐに紅唇を押し付け、今度はねっとりと味わわせてくれた。

切ないまでにやわらかなマシュマロ唇が、和哉の口唇を啄んでは離れ、また押し当てられる。

頬をやさしい手指に包まれ夢見心地に艶唇を堪能する和哉。雄々しく自発的に口づけするのもいいが、主導権を譲ったキスも甘く男心を煽られる。

マザコンの気《け》は、男なら誰しもが持っている。熟女好きも、それほど珍しい嗜好《しこう》ではない。年上の女性に憧れたり、甘く誘惑されることを妄想した経験は、男なら誰しもあるはずだ。いま和哉のそんな願望が、蜜よりも甘く実現している。

莉乃との関係も、年上好みの和哉の嗜好を満たしてくれていたが、菜々桜の方がさらに激甘で、くすぐったいまでに官能を掻き立てられるのだ。

「キスだけで、そんなに蕩けた顔をして……。和哉くん、カワイイっ！」

濃厚なキスが繰り返される中、菜々桜は小鼻を膨らませ悩ましい牝啼きを晒す。それは、息苦しいまでの口づけのせいばかりではない。

熟未亡人が浮かせた蜂腰を軽く上下させ、自らの女陰と和哉の肉塊を擦らせているからだ。挿入こそ果たされていないものの、それはまるで蜜口と鈴口のふしだらなキスだ。淫らな上下の口づけで、心と体を昂らせるのだ。

「ほううぅ……んふん。はぁぁ……。あはぁ、おち×ちんとのキス、久しぶりなの……。むふっ、ほふぅぅ……っ」

痛いほど勃起した肉幹は、昂りすぎて腹に着くほど。その裏筋に擦りつけるように、みちゅぴちゅっと卑猥《ひわい》な音を立てて牝花びらが擦りつけていく。

その官能に切なさが増すのか、菜々桜はいよいよ情感たっぷりに和哉の唇を塞いでくる。そうしなければ、ふしだらな牝啼きを盛大に晒してしまいそうなのだろう。

「ぐふううぅ……。ほむん、うぷぷぷ……。むふん、な、菜々桜……」

未亡人社長は舌までが、ねっとりしていて、まさしく完熟の極み。歯茎や歯の裏側、唇の内側をたっぷりと舐られていく。

舌先に上顎をほじられていると脳みそまで舐められているようだ。

「はうん、んふぅ……。あん、あっ、あぁ……」

情感が高まりすぎた和哉は、時折腰を浮かせてしまう。途端に、雄雌の性器がぶちゆちゅっとディープキスをして、菜々桜のシルキーな艶声を搾り取る。

「くふん、あっ、あぁっ……」

舌と舌が熱く抱擁する間も、蜂腰がくねくねと蠢き性器同士も絡み合う。

(もう俺は、社長とSEXしているのか……?)

ピンクの被膜のかかった頭で、ぼんやりとそんなことを思うほど、濃厚な擦りあいが続く。未亡人の花びらがぴとっと肉柱にすがりつき、幹を磨くように裏筋に滑る。膣口が危うく亀頭エラに引っ掛かり、挿入してしまう寸前で、また滑り降りていく。いつまでも続く甘い擦りつけを味わい続けたい気持ちと、早く肉柱全部を媚肉に包まれたい欲求に焦れはじめたころ、ついにその瞬間が訪れた。

「和哉くん。欲しいの……。菜々桜の膣中に挿入《い》れるわね……」

シルキーな声質に告げられ、和哉の分身がどくんと脈打った。

了承を求めながら美貌の未亡人は、熟れたヒップをわななかせている。擦りつけだけで達するかのような勢いだ。それほどまでに昂り、たまらなくなっているのだろう。

「早く、俺も欲しくてたまらない！　エロい菜々桜のま×こに、俺のち×ぽを！」

熱い求愛に、菜々桜の肉ビラがきゅんと窄まった。肉幹にすがりつくように密着しているから女淫の蠢きがそのまま伝わる。

美貌が可憐にこくりと頷くと、マニュキュア煌めく手指が和哉の肉幹を捕まえた。腹に着いたままの肉勃起を挿入角度に変えさせるのだ。

「ああ、和哉くんのおち×ちん、若くて逞しい！　熱くて、硬くて、こんなに大きなのが菜々桜の膣中で暴れるのね……」

扇情的なまでに潤んだ眼差しが、まっすぐに和哉の瞳の奥を覗いている。

「ほら。俺のち×ぽ、早く菜々桜の奥まで挿入《はい》りたくて、疼きまくっているよ！　今度は、このち×ぽに菜々桜は啼かされるんだよ！」

和哉の言葉に、さらに欲情した瞳は、トロトロに蕩け涙すら浮かべるよう。

「和哉くん……」

感極まったように名を呼ばれ、白魚の如き手指に切っ先が導かれる。

跨る未亡人は、自らの縦溝に肉塊を誘いながら蜂腰をゆっくりと落とした。

ぬぷんっと卑猥な水音がするや否や、「あああ、あああ〜〜っ!!」と、亀頭を秘唇に挿し込んだだけで、紅色の唇から嬌声が響き渡る。

蜜壺が亀頭部を咥え込んだだけで、菜々桜はあっさり絶頂を迎えたらしい。

「あん。うそぉ、私……今、イッたの？　先っぽが挿入《はい》っただけで、目の前が真っ赤になって……頭が真っ白に……」

蕩けそうなほどの快感に浸っている女社長とは対照的に、和哉にはまだ幾分は、相手を観察する余裕が残っている。蜜壺の入り口のきつい締め付けに舌を巻きながらも、腰を突き出して菜々桜が肉棒を奥に呑み込む手伝いをする。

「んぅん、あはぁ……か、和哉くっ……んがぁっ……菜々桜のなかに挿入《はい》って……くるっ！」

太い肉槍が、上品な蜜口に突き刺さる感触。ミスマッチな牡牝のサイズに、壊れてはしまわないかと危惧《きぐ》していたが、それもどうやら杞憂《きゆう》であった。

柔軟な女陰はみちゅっとその入り口を拡げ、少しずつ切っ先を呑み込んでいく。

膨れあがった竿先が、一ミリ一ミリ蜜壺に呑み込まれていく。膣口がパツパツに拡がり、くぷんと亀頭エラを呑みこむと、そのままズルズルッと膣洞の天井を擦りつけながら、奥へとめり込んでいく。

複雑なうねりが適度にザラついて、やわらかく竿胴を扱《しご》いてくる。

太すぎる肉幹にも菜々桜の秘裂は、その柔軟さと未亡人らしいこなれ具合で、和哉の逸物を奥へ奥へと導いてくれるのだ。

「ひうっ……あぁ、太いっ！　ああん、凄すぎるわぁ……大きくて、固くて、太くて……あの人とは全然違う……」

おどろに髪を振りながらも、美熟未亡人はなおも腰を落としていく。

繊細な肉襞が肉棹に絡みつき熱い歓迎をしてくれる。

「ううう っ、すごいわ。菜々桜のおま×こ、拡がっちゃう……。いいえ、カラダの奥まで、強引に拡げられているようだわ……」

和哉の分身を迎え入れた膣壺は、そのあまりの質量に驚いたのか、きゅうきゅうと収縮を繰り返した。

「あわわわっ、すごい。菜々桜のおま×こ、蠢いている！」

それでも勃起肉を奥へと受け入れてくれる菜々桜。念入りな擦りつけあいはこのためであったのだろう。互いの潤滑油がたっぷりとまぶされているお陰でスムーズに結ばれていくのだ。

「う、ウソっ……和哉くん、凄すぎよ……。極太に奥までみっしり満たされて……。男の人が挿入《はい》るのってこんな感じだったかしら……。ああ、この異物感。なんだか初めての時みたい」

和哉の腹上で紅唇から呻吟《しんぎん》を漏らし、悩ましく眉根を寄せている。オイルを塗られた透明度の高い絹肌が、テラテラと輝いている。

「ああ、すごい。和哉くんのおち×ちん本当に凄い。菜々桜のおま×こに、こんなおち×ちんを覚えさせるのは酷だったわ。きっと溺れてしまう……」

亀頭エラの張り具合、太い血管が浮き上がる肉幹のごつごつ感。極太の膨満感や幹の硬さ。その一部始終が女陰に刻まれていくのだろう。くびれた腰が沈むごとに、鼻にかかった牝啼きが、派手なものになっていく。

「んふぅっ……んうっ……っく、あはぁ、あぁぁぁ……っ！」

和哉に押し寄せる官能も半端ではない。凄まじいまでの女陰の具合よさなのだ。クチュンとぬめった粘膜に切っ先を包まれた瞬間から痺れるような快感に襲われている。

長らくご無沙汰の女淫は、その女体同様にきゅっと引き締まっている印象でグラマラスこの上ない。

複雑にうねくねる畔道《あぜみち》は、散々なまでにぬかるみながら、まるで肉柱にすがりつくようにみっしりと擦り寄り、甘味を感じられるほどの蜜壺なのだ。

入り口ばかりでなく、その膣中もひどく狭隘に感じられる。それでいて思いのほか肉厚で、和哉の分身を収縮自在に包み込んでくる。

あまりにも美しい熟未亡人に導かれ、まるで男として生まれ変わるような体験に、全身に鳥肌が立った。

「あぁ、菜々桜ぉっ！」

真っ赤な顔で呑み込まれるがままでいた和哉は、激情とやるせなさに腰をぐんと突き上げた。

途端に、「ほううぅっ」と甘く呻く女体をぐいと抱きすくめ、そのたまらない抱き心地も堪能する。

ふしだらな喘ぎを惜しげもなく晒し、官能に打たれる菜々桜。経産婦の揺籃《ようらん》までが太竿に圧迫され、声を抑えても喘ぎ声が漏れてしまう。

「と、届いてる……。菜々桜の子宮にまで、和哉くんのおち×ちんが届いているわ」

和哉にも、子宮口と鈴口がべったりとディープキスした手応えが伝わっている。

シルキーボイスが悩ましく啼くたびに、肉襞が蠢くように吸いつき、いやらしくうねくりまわる。まるで女陰全体が別の生き物であるかのような蠢動こそが、熟女とまぐわう醍醐味《だいごみ》なのだと教えてくれるよう。

（ああ、すごい。熟女の膣中って、こうなんだ……。エロすぎて癖になりそう……）

莉乃との年齢差でさえ四歳差とこれまで同年代の女性とばかりしか経験のない和哉だけに、美熟妻との交わりはひどく刺激的であり、カルチャーショックにも等しい衝撃だ。

「和哉くん。すごいわ。まだ動かしてもいないのに、おち×ちんの存在感だけで、またイッてしまいそう。ああ、太くて、硬くて、それに熱いわぁ……」

言いながら菜々桜が、ぶるぶるっと背筋を震わせた。

美しくも豊かなふくらみが、和哉の胸元に甘く擦りつけられている。

つんとしこりを帯びて発情を来《きた》した乳首のコリコリした感触がこそばゆい。

「うおおおおおおっ！」

膣肉に包まれたままの肉勃起が引き攣《つ》り、嘶《いなな》くのを抑えられない。

熟女の甘い擦りつけに激情を根底から誘われたのだ。

たまらず和哉は、その蠱惑的なふくらみを下から掬《すく》った。

「あんっ！」

指先が触れただけでも、菜々桜はびくんと女体を震わせる。すでに一度乳イキした乳膚だけに、相当に敏感になっているらしい。

「ああ、やっぱり菜々桜のおっぱい、やらかっ！」

どこまでも女体を熟れさせている菜々桜だけに、その乳房のやわらかさも凄まじいものがある。和哉の指の腹にふにゅんとどこまでも凹みながらも、心地よい手触りの反発が返ってきた。

「ああん。和哉くんの手つき、さっきよりも、ずっといやらしい……。そんなふうに触られたら、ますますおっぱい敏感になっちゃうぅ……っ！」

細腰を色っぽく捩らせて身悶える菜々桜。その頂点に位置する乳首が、さらにしこりを帯びる。メリメリっと角を突き出すように純ピンクが尖るのが、とことん扇情的だ。

和哉の掌に包み込んだふくらみから、トクン、トクンと微かに伝わる鼓動が、徐々に早まっていく。

発情を露わにしている恥じらいと官能が、さらにその肌を火照らせるらしい。

「はあぁぁ……っ」

菜々桜は真っ白な乳房をさらすようにして仰け反り、細腰を痙攣させた。

掌の中、やわらかく踊るふくらみを慎重に揉み潰したせいだ。

指先が乳肉に埋まるたび、行き場を失った遊離脂肪が、指の間からひり出される。

「ふううぅんっ……あっ、あっ、ああんっ……。おっぱいが熱いっ……。ああ、ねえ、感じるのぉ……おっぱい、また感じてるぅ……はぁ～ん！」

半開きになったままの紅唇が、安堵にも似た喘ぎを漏らしている。美貌に羞恥の色を浮かべながらも、憚《はばか》ることができないのだろう。

「あんっ、あっ、ああん、もうダメッ。菜々桜、我慢できない……」

豊饒《ほうじょう》に胸元から湧き起こる快美な淫悦に負けたらしく、くんと蜂腰が蠢いた。

身悶えた腰つきが、そのままムチに打たれたかのように前後運動に変化する。

ぶぢゅくちゅっと卑猥な水音と共に勃起がひり出されては、ぢゅるぢゅるっと呑み込まれる。

刹那に和哉の官能も高まっていく。未亡人の肌熱が伝わり和哉の肌も火照っている。菜々桜同様、全身からぷっと汗粒が噴くほど体温が上昇し、脳みそが沸騰していく感覚だ。理性などとうに粉々に砕け散り、吐精の欲求が頭を占めていく。

「ぐあああぁっ、菜々桜ぉぉっ。そ、そんなあぁ……。待って、やばい！　やばすぎる……ス……ストップぅっ！」

たまらず和哉は菜々桜の腰のくびれに両手をあてがい、その前後運動を妨げた。

「ああん、どうしてぇ？　意地悪しないでぇ……。菜々桜は、もう切なくて仕方がないのよ」

湧き起こる愉悦をあきらめるのが相当に辛いらしい。焦らされているとでも感じたのか、未亡人は唇をつんと尖らせ拗ねたような表情を見せた。

「だ、だって、ダメなんだっ……。菜々桜のま×こ、めちゃくちゃ具合がよすぎて、射精《で》ちゃいそうで……っ」

突きまくってイカせるなどと宣言しておきながら、音《ね》を上げる自分にバツが悪くてしょうがない。けれど、絶え間なく襲いくる射精感に、目を白黒させながら歯を食い縛るのがやっとだった。

「まあ、いいのよ。それでいいの。和哉くん。菜々桜も、挿入《い》れただけでイッたのだもの。動かしたら、またひどい恥をかくわ。でも切なすぎて……。イキたくて仕方がないの……」

早撃ちを我慢しきれないのは、むしろ、それほど自分のカラダに魅力があるのだと、むしろ未亡人は歓んでさえくれるらしい。

「ごめんね。和哉くん。辛い思いをさせたみたいね……。いつ射精してもいいわよ。菜々桜は、和哉くんの熱い精子を子宮に浴びながら、ふしだらに恥をかくわ……。ね、全部射精《だ》して。菜々桜のおま×こに和哉くんの精液をいっぱい呑ませて……」

やはり菜々桜は、年上の美熟女だ。はしたなくも大人の心遣いに満ちた菜々桜のやさしい言葉が心に沁みていく。

こくりと頷きながらも和哉は、ならばとばかりにゆっくりと菜々桜の女体を背後に押した。

対面座位の交わりは、長くラブラブ感を味わえる半面。大きな刺激に乏しい。

どうせ射精するのなら当初の望み通り、ずぶずぶと菜々桜の女陰を突きまくって一緒に果てたい。熟女未亡人の豊満な女体であれば、多少和哉が暴走しても、容易《たやす》く受け止めてくれる安心感がある。それもまた熟女を抱く愉しみ。

そのまま菜々桜に覆いかぶさるように、正常位へと移行した和哉は、再び素晴らしい手触りの絹肌を撫で回し、その手指をさらに下方へとずらした。やわらかな陰毛を弄んでから媚肉の合わせ目に忍ばせる。

「ああん、ダメっ……今そこを触られたら……な、菜々桜は……」

「俺は菜々桜を癒したいんだ……。大好きな菜々桜を俺の手やち×ぽで、何度でもイカせたい。おんなの満足をいっぱい、いっぱい与えるのが俺の癒しなんだよ……」

うっとりと囁きながら高嶺の花を官能の坩堝に堕《お》とすべく、巧妙にクリトリスをあやしていく。

「ひっ！　……あ、あはあぁ!!」

触れられた途端しこりを帯びる淫核。その小さな勃起に円を描き、蕾の頭を転がし、親指と人差し指で摘まみとり、擦り、つぶし、なぎ倒し、と様々《さまざま》に嬲った。

「んっ、ゃあ、ああん……だめぇっ……おかしくなる……ああっ、恥ずかしい声も抑えられない……ああ、こんなことって……」

　怒張を埋められたまま敏感な器官を弄ばれては、肉体が蕩けだすのを抑えられるはずがない。兆した顔をこわばらせ、必死で和哉にしがみついてくる。首筋に巻きつけられた腕が息苦しいほどだ。

「うああぁっ……く、喰い締める。菜々桜がち×ぽを喰い締めてるぅ……ああ、すごく気持ちいい……漏らしちゃいそう！」

　快感に膣孔がきゅんと窄まり、肉塊を抱きすくめられる。途方もない心地よさに、陶然《とうぜん》とした唇の端から涎が零れてしまうほどだ。

「ああ、菜々桜。よすぎてたまらないよ。もう我慢できない。う、動かすからね！」

　たまらずに、燃え上がる肉塊をさんざめかせながら、先端で孔揉みするように腰をグラインドさせつつ、小刻みな抜き挿しからはじめた。

「あっ！　あ、は、ううっ……。な、なに？　腰が痺れて、子宮が燃えちゃう……」

　小刻みな抜き挿しから、やがて孔揉《あなも》みに変化させ、さらに浅瀬での抜き挿しへとシフトしていく。ぢゅぢゅぶぢゅっと、肉孔をこじ開けつつ、鈴口から吹き零した先走り汁のオイルで空閨の錆び落としとばかりに繊細な牝管を磨き上げた。

「ひうっ、あ、はああぁ……」

甲高い啼き声を堪えきれなくなった菜々桜の膣肉に、亀頭エラを擦りつけるように腰を捏ねる。

「あん、すごいっ……おち×ちんが、菜々桜のお腹の中を掻きまわしている……あんっ、あぁ～～っ！」

年上のおんなが、自分の腹の下で悶えよがっている。それも彼女は、超がつくほどの美人であり、高嶺の花そのものな存在なのだ。そんな彼女がよがり啼く、夢のような光景に剛直が硬さをぐっと増した。

「あうっ……ねえだめなの、よすぎちゃうっ……。和哉くん、な、菜々桜、もうダメ……イキそうっ！」

切羽詰まった媚熟未亡人に、嬉々としながら和哉は、大きく腰を退かせ、ずるずるずるっとギリギリまで勃起を引き抜く。抜け落ちる寸前で、反転し、再び奥を目指して腰を押し出す。

ぽってりした肉土手をグチュンと押し潰さんばかりの抽送。

「あ、あん！　ああ、だめっ！　そんな激しい……っ！」

ぱん、と肉の打撃音を響かせた。

ぎりぎりまで抜き上げた剛棒に、すぐさま激しく撃ち込まれると危険を察知したのだろう。同時に菜々桜は身を捩ったが、容赦なく一気に根元まで打ち込んだ。股間同士が肉音を鳴らし、菜々桜が甲高い啼き声を漏らした。

「ま、待ってってって……うあああああああッ」

見境をなくしはじめた和哉は、両手で菜々桜の腰を固定している。そのまま、ぬるぬるの媚肉から肉茎を抜き上げ、最奥まで届くほど深く、女芯を突き抜いた。

「あはあああッ」

背中を思いっきり反らせた媚熟未亡人は、腰を浮かせて勢いを逃がそうとするが、かえってその腰を和哉がグイと引き付けて、深々と挿入する。

「あっ、あああん、激しすぎるわ……こわれちゃいそう……」

女社長は長い睫毛を陰らせながらも、大きく唇をめくらせて喘いでいる。

剛直を埋め込まれた股間が、ぴく、ぴくと間歇的《かんけってき》に痙攣している。

「見てごらん、ぜんぜん平気だから」

「ああッ……なんて淫らな眺めなの……菜々桜、ふしだらにもほどがあるわね」

美熟未亡人の頭をやさしく持ち上げ、和哉が結合部を覗き込ませたのだ。

完全に自らの体内に挿入《はい》っている勃起した極太の根元はすでに白濁液にまみれ、卑猥な光を放っている。菜々桜はさらに顔を赤くした。

「こんなに太いのに、こんなに長いのに、菜々桜が全て呑み込んでいる……なんていやらしいの」

「ね。大丈夫でしょう。じゃあ、菜々桜をイカせるために、もう少し動かすのを速めるね」

「え、ああ、そんな……速く動かすなんて、ああッ……あああああぁ～～ッ」

和哉は菜々桜のくびれたウエストをがっしりつかむと、女社長の膣を味わいながら、ひとまずはゆっくりと抜き挿しをはじめた。

ずーんと子宮を突き上げ、届かせた亀頭の先端で子宮口をコリコリと擦らせると、菜々桜があられもない声を聞かせてくれる。

「あ、あ、ああ、ダメぇっ！　ああ、ダメぇっ！　菜々桜、イクぅっ！」

全身を朱に染めた豊麗な女体が、悩ましいほど身悶える。びくびくびくんと、背筋が震えアクメの断末魔に痙攣した。

「おおんっ……すごいぃ……ああ、セックスでイクのいつ以来だろう……こんなにすごいの久しぶり……。いやん、またイキそうっ！」

和哉は間髪《かんぱつ》を入れずに抜き挿しして、次々に美熟女を絶頂に追い詰める。

「ひっっ！　うっくぅぅんんん！　か、和哉くぅ……ん～～っ！」

菜々桜がドッと汗を噴《ふ》いてのけぞった。

さらに、ずぶんずぶんずぶんと、三度ばかりピストンさせてから、ぐりんと腰を捏ねるようにして狭隘な膣道を掻き回す。

「あ、あああ……。いいの……ねえ、もっと、もっとよ。激しく、激しくしてっ！」

久方ぶりに男に蹂躙《じゅうりん》される膣襞が、忘れかけていた歓びに蠢いている。否、女体全体が官能を貪《むさぼ》るようによがり悶え、のたうち、熟れ尻を練り腰でくねらせている。

「くふーっ。ああ、ダメぇっ……。こんなはしたないこと……ダメなのに、気持ちいいのっ。ああ、和哉くん、ふしだらな菜々桜を軽蔑しないでね……っ」

完熟に追熟まで重ねた未亡人の発情ぶりに、和哉は眩暈がするほど興奮し、肉茎をその胎内で跳ねさせた。

「軽蔑なんてしないよ。淫らでも菜々桜は、こんなにも上品で美しいから！」

込み上げる激情をそのままぶつけるように、ふっくらとした肉土手をぐしゃりと押し潰し、ずんと奥にまで勃起を突き入れた。

到達させた切っ先が子宮口を叩いた確かな手応え。

「あああああああああああぁぁぁぁ〜〜んんっ！」

苛烈な官能の電気信号は、ついに大きな絶頂の波となって美熟未亡人に押し寄せたようだ。

鴇色に染めた全身を硬直させている。むっちりとした太ももなどは、鳥肌を立ててぶるぶるとわなないている。

和哉の菜々桜を癒したいとの至誠の想いが、その技巧を越えて伝わった時、おんなの満足が怒涛《どとう》の如く押し寄せたのだ。

「ああ、和哉くんっ……菜々桜はしあわせよ。和哉くんの想いが伝わったから……。癒されるって恥ずかしいほど蕩けることなのね……あ、ああ、またイキそう……！」

「俺も、しあわせだよ。こんなに素敵な菜々桜とセックスしているのだもの！　ああ、菜々桜っ！」

十分以上に潤滑なのに膣襞が勃起にひどく絡みつく。名器に慰められ鎌首をもたげた激情に、ついに和哉はひたすら激しい律動へと変化させた。

「あぁ、あ、んぁ、は、激しいっ……は、早く来てっ……じゃないと、菜々桜はっ、あぁ、どうにかなちゃうぅ～～っ！」

兆した美貌が激しく左右に振られる。豊かな髪がベッドの上を扇情的に乱れ踊る。滴《したた》る脂汗に白い女体を輝かせ、凄まじいまでによがり狂うのだ。

「和哉くんの溢れる思いに溺れちゃう……しあわせ、しあわせなの……あぁ、イクぅ

う
う!!　菜々桜、またイクぅううぅぅぅ……っ！」

　アクメを極める美貌が、のど元をくんっと天に晒した。イキ涙に潤む表情は、どこまでも美しく、あまりにもいやらしい。

「射精《で》るよ。僕もイクっ、菜々桜っ、ああ、菜々桜ぉ〜〜っ！」

　上半身をべったりと女体に張り付け、力いっぱい抱きしめた。極上の抱き心地を味わいながらの射精。これに勝る悦びなどあろうはずがない。

「あぁ、菜々桜の中で大きく……射精《だ》すのね……。奥に、どうか菜々桜の奥に……んっ、あんっ、んんっ……和哉くぅん！」

　射精衝動に肉傘がさらに膨らむのを美熟未亡人が媚肉で知覚している。早く射精してと言わんばかりに、やわらかい膣襞がむぎゅううーっときつく喰い締めてくる。

「ぐああああああ……射精《で》るよっ！　イクぅぅうっ！」

　膣肉に促され、頭の中にピンクの靄《もや》がかかるほど猛然と腰を振る。肉棒の内側が発火したかのように熱くなり、根元に溜まった熱い性感の昂りが爆発した。

　精嚢《せいのう》がぎゅいんと硬締まりしたかと思うと、耳をつんざく爆轟と共に白濁液が尿道を遡る。

　牡汁を礫《つぶて》のように吐精された衝撃で、肉棹が膣肉に包まれたまま嘶く。

一塊となった精液は、未亡人の子宮口にぶつかってから、どぷりと液化して膣内に満ちていく。

「あふッ、き、きてる……熱い子種が菜々桜の子宮に撒《ま》かれている……。ああ、和哉くんっ……んふぅぅっ、ん、んん！」

感極まった絶世の美熟社長は、ぎっちりと和哉にしがみついたまま、これ以上ふしだらな牝啼きは晒したくないとばかりに牡獣の唇に貪りついて蜜舌を絡めてくる。

たっぷりと耕した牝畝《めすうね》の隅々にまで胤液を蒔《ま》き散らす悦び。全身が溶けていくような快感に、和哉の意識が真っ白になっていく。

抱き心地のよい女体を和哉からもしっかりと抱きしめ、鈴口を深い位置で擦らせて、なおも樹液を注いだ。

世の男どもが固唾《かたず》をのむような美女に中出しをしているのだから、体液の全てを精液に変えてでも打ち尽くさなければ気が済まない。

「あぁ、こんなにたくさんの精子……。子宮が溺れてしまいそう……」

久々過ぎる絶頂感覚が、豊満な女体を捉え容易に引こうとしないのだろう。

夥しい膣内射精に、イキまくる美熟未亡人の乳房を情感たっぷりに和哉は揉み潰しながら、残る最後の一滴まで打ち尽くした。

終章

淫靡な空気が充満する癒しルームに、朝焼けが差し込んだ。

横たえた菜々桜の裸身を、赤い陽光が美しく照らしだす。

ビルの最上階に位置する癒しルームは、何もかもが特別なつくりになっている。

そのセキュリティもビルのものとは独立させているから、宿泊することも可能となっている。

その代わり、オフィスのセキュリティシステムが作動した途端、このフロアより下の階には移動できなくなる。つまり、一晩中、缶詰状態に置かれるのだ。

もっとも、それも一晩中、睦《むつ》みあう二人には、むしろ望むところだった。

優美な額には、べったりとほつれ毛が張りつき、マッシブに盛り上がった乳房が、いまだ絶頂の余韻に妖しく波打っている。

豊かな美臀、豊満な乳房、くびれた蜂腰、甘い汗の匂い。気品に満ちた佇まいとともに、濃厚な色香を漂わせてやまない。狂おしいまでにただれた一夜を過ごした菜々桜は今、和哉の目の前で艶やかな花を爛漫に咲き誇らせている。

「菜々桜はすごいね。あんなに乱れると思わなかった……」

「だって、すごく気持ちがよかったのだもの……」

羞恥の表情で、足元のタオルケットに手を伸ばし、胸元に引きずりあげていく。いつまでも見ていたい、麗しい光景が残念なことに隠されてしまった。

横たえていたカラダが持ち上がり、こちらに半分だけ体重を預けてくる。腕や胸板にあたる肌理細《きめ》かな肌が心地よい。

「もうすぐ始発が出るわね。セキュリティを解除して、一度家に戻らなくちゃ……」

甘えるようにもたれかかったまま、菜々桜が独り言のようにつぶやいた。

「えっ、わざわざ？」

「ここには着替えもないし、シャワーも浴びたいわ……。私、汗臭いでしょう？」

しなやかな腕を上に伸ばし、自らの腋の下の匂いを可愛らしい仕草で嗅いでいる。丸く窪んだ白い腋窩が、妙にエロティックに映り、そそられた。

「そんなことないよ。甘くていい匂いしかしない」

和哉はそう強弁して見せたが、おんなの嗜《たしな》みとして情事の後に、シャワーを望むのは当たり前とも思える。

癒しルームには、大抵の設備が用意されているが、シャワーは設置されていない。

「ここにシャワー室が必要かな、一度検討の余地はあるわね……」

真顔でそう言いながら菜々桜が、社長の顔を覗かせる。

「さすがにそのスペースは、どうかなあ……。ああ、そうだ、いいことを思いついた。

そのままちょっと、待っていて！」

そう言い置いて、裸のままベッドを飛び出した和哉は、大急ぎでスタッフルームに
駆け込むと、給湯スペースから水桶とタオルを持って戻ってきた。

もちろん、桶には水が張ってある。

「お待ちどおさま」

ベッドサイドのボードに水桶を置き、タオルを浸してから力強く絞る。

「ほら、カラダを拭《ふ》いてあげるね」

満面の笑みを湛え、手のなかのタオルをベッドに座る菜々桜の背中にあてた。

「あん、冷たい!!」

途端に、未亡人社長が悩ましい悲鳴をあげた。

水桶には普通の水道水を張ってあるだけだが、性交で火照りきった肌が、それを冷

たく感じさせるのだ。

「ごめん。冷たかった？　でも、ちょっと我慢してよ」

なだめるように言いながら薄い背中を拭《ぬぐ》っていく。

徐々に、冷たさにも慣れ、心地よくなってきたのか、菜々桜はうっとりした表情で、身を任せてくれる。

「ほら、もっと下の方も拭いてあげるからうつ伏せになって」

指示されるまま、素直にうつ伏せになったお尻を、ことさら丁寧に拭いてやる。

ぷるぷると柔らかい臀朶《しりたぶ》が、愛らしく揺れるのが愉しい。

「もう！　和哉くんのエッチ。お尻ばかり拭かないで」

首だけをこちらに向け、やんわりと抗議する菜々桜の瞳は、けれど、悪戯っぽく笑っていた。

「こんなエッチなこと、どこで覚えるの？」

「えーと、莉乃さんだったかなぁ……」

はにかんだような表情を浮かべ、素直に白状した。

隠し事のできない性分だから、寝物語にこれまでの癒し課での経験を包み隠さず菜々桜には告白してある。

「本当に、いけない人!!」

わずかに悋気《りんき》の表情を浮かべた菜々桜に、やわらかく太ももをつねられる。

「あいててて！」

「あん、ごめんなさい。ちょっと赤くなってるぅ。痛かった？」

大げさに痛がって見せた和哉の太ももに、今度はふっくらした唇があてられた。

「あはは、くすぐったいよ。ほら、もういいから続きをやらせて。今度は前だよ！」

一度タオルを水に浸してから絞りなおし、肉感的な裸身を反転させる。

「あんっ、恥ずかしいわ。全部見えちゃうっ」

細い肩から悩ましく浮き出た鎖骨、たわわな乳房、引き締まったおなか、婀娜《あだ》っぽく左右に張り出した腰、そしてむっちりとした太ももに、すんなりと伸びた脚。見飽きることのない艶かしい裸体に、和哉の肉茎が反応を示す。力を漲らせ、へそに向かって逆立っていくのだ。

「ああ、いやだわ……和哉くんったら……もうなの？」

菜々桜が思わずつぶやき、恥ずかしそうに目もとを赤らめた。

「だって菜々桜が、こんなにエロい体つきしてるからいけないんだっ！」

半ば見せつけるように掌で勃起をしごいてから、菜々桜の顔にタオルをあてた。

額や鼻の頭、優美な頬をやさしく拭《ぬぐ》い、首筋から胸元に至る。

「ほら、今度はおっぱいだよ……」

ボリュームたっぷりの乳房をタオルで包み、極上のやわらかさと弾力を楽しみながら揉みあげた。

「あんっ、あぁっ！　こらぁ、和哉、拭くなんて言って、またおっぱい揉んでる！」

根元から揺さぶると、すべすべした肉房がふるんふるんと揺れる。こうしていると、乳首の先から今にも母汁が噴出しそうで、和哉をたまらない気持ちにさせる。

菜々桜もまた、未だ火照らせている女体を拭われていると、敏感になっている肌がまたしてもあらぬ性感を訴えかけてくるらしい。

何年も眠らせていた性欲を起こされてしまったのだから歯止めが効かぬのも、当然なのかもしれない。

「ああぁん、そんな悪戯ばっかり。葛城主任にも、こんないけないことをしたの？」

少し拗ねたようにつぶやきながら、しなやかな指が、和哉の肉茎をやんわりと包み込んだ。

「やっぱり、ちょっぴり妬《や》けちゃうなぁ……」

熱っぽい眼差しで、切なげな溜め息をつく媚熟未亡人に、何とも言えないいやらしさで男性器を弄られる。

「うふふ、妬いているけれど、和哉のことを責めたりしないから安心して。こんなに元気なおちん×んを持て余しているのだから……。第一、君は癒し課の社員なのだから、これからも他の女性を癒すのは仕方がないわ」

「あの、ひとつ聞いてもいい？　俺、ずっと迷っていたのだけど……。いくら癒すことが目的でも、これはやりすぎなのかなって……。もしかすると、会社に迷惑をかけることになるかもって、不安で……」

常識的に社内でこんな淫らなことばかりしていていいはずがない。風紀を乱すこと甚だしいのだ。元来、癒し課の存在そのものが、常識を逸脱しているのだが、和哉の癒しは、その上を行っている。

「そうねえ。社長の立場としては、社内でのセックスを認めるわけにはいかないわね……。うふふ。和哉の恋人のひとりに加えられた身としても、あまり不特定多数の人とはして欲しくないかも……」

「うん。そっかあ……。そうだよね。そう思って、自重はしているのだけど……」

判ってはいたものの面と向かってそう言われてしまうと、肩から力が落ちる。

公序良俗という意味では、性感マッサージもＮＧであるはずなのだ。

せっかく、〝癒しスト〟と呼ばれるほど癒し課の戦力になれていたのに、またお荷物に戻ってしまいそうで残念でならない。

けれど、社長である菜々桜にも知られた以上、性的な癒しは封印する以外にない。でなければ、菜々桜の立場すら危うくする可能性があるのだ。

「うーん。でも、どうだろう。難しいけれど、公然の秘密。社内秘ってことにできないかしら……。性感マッサージまでは目を瞑ることにして……。ああ、だけど、勤務時間内のセックスは禁止にします」

思いがけない菜々桜の黙認に、和哉は希望の光が差す思いがした。

「でも、そんなことをして菜々桜に……社長にご迷惑をおかけすることには……」

さすがに口調を社長に対するものに改め、恐る恐るその美貌を覗き込む。

「そうね。まあ、その時はその時よ。確かに和哉は、毒であるかもしれないけれど、良薬でもあるから……」

「えっ？　良薬って、それ、どういう意味？」

「和哉は、うちの会社名をどうしてアギシャンとしたか知っている？」

もともとアギシャンはブランド名であり、その頃の会社名は社長の苗字のＫＡＷＡＪＩ縫製だった。正式に社名をアギシャンに変えたのは、先代の社長が亡くなる一年程前であったはず。

「アギシャンって、フランス語ですよね。セクシーなとか、色っぽいとかって意味の……。だから、うちの下着を付けると女性たちがセクシーになれるって意味で」

「そうね。世の女性たちに色っぽくなって欲しい、セクシーにしてあげたいという想いからアギシャンにしたの」

ブランド名をアギシャンと決めたのも、先代と菜々桜だと聞いている。けれど、その社名と和哉が良薬云々《うんぬん》の話とがなかなか繋《つな》がらない。

「でもね。誰よりも一番そうであって欲しいうちの女性社員たちが、あまりセクシーになれていないのが私の一番の悩みなの」

「えーっ。そうですかぁ？　うちの女子たちって、美女ぞろいで有名ですけど」

「そうよ。確かに美人ぞろい。でもセクシーとか、色っぽさとか感じる？」

あまりそれに同意するとセクハラになりそうだが、言われてみれば確かにという気もする。

「でも、それもオフィスなのだから仕方ありませんよ。スーツに身を包み、仕事にふさわしいメイクでみんな頑張っているのですから……」

なんとなく和哉が、女性陣を代弁する役割になっている。そう肩入れするのも、この会社が好きだからであり、女性社員たちを守りたい気になっているからだ。

「そうね。でも、スーツばかりが問題じゃないの。もっと内面から輝くものがあるでしょう。だから私は、葛城主任に命じて、癒し課をつくり、癒しルームを設置することにしたの。だって悩んでいたり、疲れていたりしては輝けないじゃない。セクシーにもなれないでしょう？」

なるほど話は、そこにつながるのだと和哉は内心で納得した。

「癒し課のメンバーにふさわしい人材も探したわ。そこで白羽の矢を立てたのが宮越くん、君なの……」

急に菜々桜から苗字でよばれ、背筋がすっと伸びる。すっかり菜々桜は、社長の顔を取り戻していた。

「そして君は、期待通りどころか、期待以上の人材だった。驚いたもの、最初に他でもない葛城主任が輝きだしたのだもの。それも予想以上に色っぽく……」

確かに、人事部員であった莉乃には、お堅いイメージがどこかにあった。それが今は、まるで内面から光り輝くように美女オーラとセクシーフェロモンを発散させている。

「次は、秘書課の篠崎さんだったわ。クールだった彼女が、今ではとっても女性らしいやわらかさを表に出すようになって、しかも、とてもセクシーに。イメージチェンジの秘訣を聞いたら、案の定、君の名前が……」

麻里奈についても、確かに心当たりが和哉にはある。

ただ、莉乃のことも、麻里奈のことも、和哉自身は自分が原因で輝き出したとは思っていない。

「莉乃さんは、癒し課の仕事が天職だったから、自然と輝いているのではないですか？　麻里奈だって、ちょっとした切っ掛けで、本来の性質が出せるようになっただけで……」

「和哉は、本気でそう思っているでしょう？　そうよね。それは、天然なのよね。だから、毒であり良薬にもなるの」

なんとなく菜々桜の言わんとしていることが、判った気がする。

「和哉は天然で、女性を癒す天才なのよ。きっとその才能は、うちのような会社にとって財産になる。どんどん、うちの女性たちを癒してほしいの。それが自然と彼女たちをセクシーにするから……」

天然であろうとも和哉とて、バカではない。否、むしろ頭は回る方だ。

菜々桜の説明を聞き、その本心が読み取れる気がした。

「つまり、うちの女性陣をセクシーに輝かせることで、それはつまりアギシャンの下着を付けているからって方向に持っていく戦略ですね？」

「ああ、やっぱり君は、隅《すみ》に置けない人……」

菜々桜のそのセリフが、和哉が正鵠《せいこく》を射たことを告げている。

「隅に置けないのは、社長の方です」

なるほど、その深慮遠謀があるのなら、多少常識外れでも目を瞑ってくれる理由が判る。癒しルームにそれなりの予算をかける理由も。

「ところで、菜々桜はどうなの……。俺に癒された？」

その答えとばかりに菜々桜は嫣然《えんぜん》とした微笑みを浮かべると、肉幹いっぱいに手淫運動が再開された。

「うふふ。まだよ。もう少し……。だって四年も寂しい想いをしたのだもの……。ほうら、おちん×ん、もうこんなに、エッチなお汁で私の指を汚していくわ」

「あぁ、菜々桜っ！」

アギシャンの社長であると同時に、やはり菜々桜はひとりのおんなだ。

しっかりと自立した女性でありながら、その実、とても寂しがり屋でもある。

この先、菜々桜がやきもちを焼くこともあるだろう。寂しい思いをさせてしまうこともあるかもしれない。

けれど、それは、本気で和哉のことを想ってくれているからに違いない。和哉の心に、熱い菜々桜への想いが、湧き水のように溢れ出し、満ちていく。これほど奔放に菜々桜が振舞っているのも、和哉のためであることにも思い当たった。演技ではないが、サービス精神あっての大胆さなのだ。

「ぐうううっ。菜々桜っ。ああ、気持ちいいよ……。でも、やっぱ、こっちの方がいいかな……」

たまらなくなった和哉は、手にしていたタオルを投げ出し、菜々桜の陰部にかぶりついた。

熟脂肪を湛えた太ももを両腕に抱え、股間に顔を埋め、女蜜を舌で採集する。

「ほうんっ、ああだめよ、そんなにされると、また汗をかいちゃうぅ！」

愛しい菜々桜を味わいたい。めいっぱい感じたい。そして感じさせたい。

和哉は花びらを咥え、口腔に空気を入れながら舌先でしゃぶりつけた。

あたりには饐《す》えたような臭気が漂っている。胸元と同種の甘く芳しい香りに、汗と分泌物の入り交じった匂いが、純度の高いフェロモンとなってムンムンと立ち昇っているのだ。しかし、全く不潔さはない。むしろ、上品とさえ感じさせる。

和哉は太ももに頬ずりしながら、生々しい牝臭を堪能した。かすかに眩暈を覚えながら、匂いの源泉を舐め回した。

菜々桜の女陰を舌先でかき分けながら、和哉はこれからのことをぼんやりと想う。やりがいのある仕事に、和哉は文字通り精を出すだろう。

莉乃と麻里奈、さらにはこの菜々桜も含めた三人の美女たちがいてくれれば、和哉は勤務時間内のセックスを禁じられても問題はない。

「あれ？　もう一つ確認だけど、勤務時間外ならここでセックスしても問題なしということで、いいのだよね？」

「問題なしということではないけれど……。それには目を瞑るわ。だって、一番菜々桜がして欲しいから……」

愛らしく頬を染める菜々桜に、和哉はにんまりと相好《そうごう》を崩した。

「ああん。和哉の顔がいやらしい……。ええ、そうよ。勤務時間外であれば、菜々桜も社長から解放されたいもの……」

素直に心情を漏らす未亡人社長に、和哉はたまらなくそそられ、そのカラダに覆いかぶさる。

三人の美女たち、そしてアギシャンの女性社員たちを癒すためにも、ますます技に磨きをかけようと内心に和哉は誓っている。

「ああん、和哉っ、何をニヤニヤしているの？　いやあねえ。またエッチなことをするつもりでしょう！」

菜々桜の指摘を裏付けるかのように、分身を濡れそぼる淫裂に当てて擦る。

「あん、和哉のエッチなエネルギーは底なしね」

活力を取り戻した肉茎を感じた菜々桜は、するりと和哉の腕から抜け出して、お尻を向けて四つん這いになった。

「ねえ、今度は後ろから、い・れ・て」

あえかに開かれた淫裂から、奥に残されていた牡汁が、だらぁっと、淫らに流れ落ちた。

いやらしくぬめる菜々桜の膣孔に、ふらふらと引き寄せられる和哉だった。


（了）

※本作品はフィクションです。作品内に登場する
団体、人物、地域等は実在のものとは関係ありません。

まさぐり癒《いや》し課《か》
〈書き下ろし長編官能小説〉
2021年3月22日初版第一刷発行

著者……………………………………………北條拓人

デザイン………………………………………小林厚二

発行人…………………………………………後藤明信
発行所………………………………………株式会社竹書房
〒102-0072　東京都千代田区飯田橋2－7－3
電　話：03-3264-1576（代表）
03-3234-6301（編集）
竹書房ホームページ　http://www.takeshobo.co.jp
印刷所……………………………中央精版印刷株式会社

定価はカバーに表示してあります。
乱丁・落丁の場合は当社までお問い合わせください。
ISBN978-4-8019-2580-9 C0193